澱み

ヘルタ・ミュラー短編集

Niederungen
Herta Müller

ヘルタ・ミュラー 著
山本浩司 訳

三修社

ヘルタ・ミュラー短編集

澱み

装幀　土橋公政

目次

弔辞

駅では家族や親戚が蒸気を上げる汽車の傍らを駆けてきた。一歩踏みだすたびに、みな高く上げた腕を振って合図をよこした。

汽車の窓のなかには若い男が立っていた。窓ガラスは彼の腕の下まである。男はしなびた白い花束を胸に抱えていた。その顔はひどくこわばっていた。

若い女が怖がる子供を抱きかかえて駅から連れだした。背に大きなこぶのある女だった。

汽車は戦争に向けて出発していった。

私はそんなテレビのスイッチを切った。

父は部屋の真ん中の棺のなかに横たえられていた。部屋中そこかしこにたくさん写真が飾ってあって、壁が見えないほどだった。

ある写真の父は、しがみついた椅子の半分ぐらいしか背丈がなかった。

ベビー服を着ており、体を支えるがに股の脚はまるまると肥えて、たくさん皺《しわ》が寄っていた。

頭は梨形で髪の毛はまだ生えていなかった。

別の写真の父は花婿だった。胸は半分しか見えなかった。残りの半分は母が手に抱える、しなびた白い花束に覆い隠されていた。二人の顔は耳たぶが触れあわんばかりに寄り添いあっていた。

また別の写真では、父は垣根のまえに直立不動の姿勢で立っていた。長靴の下には雪が積もっていた。雪は純白で、父が虚空に浮いて見えた。敬礼のために片手が頭の上高くまで伸ばされていた。上着の襟には古代ゲルマンのルーネ文字が見えた。

さらにその隣の写真には斧《おの》を肩に担ぐ父が写っていた。背景ではトウモロコシの茎が空に向かって勢いよく伸びていた。父は頭に麦わらをかぶっていた。それは大きな影を投げ、父の顔を隠していた。

次の写真ではトラックのハンドルを握っていた。荷台には何頭か牛が積まれていた。父は週に一度牛を町の屠畜場《とちくば》へ運んでいた。父の顔はきりりっと痩せて精悍そのものだった。

どの写真でも父は動作の途中で凝り固まっていた。どの写真でも、父はこの先どうしていいのか分からず途方にくれて見えた。しかしいつもどうすればいいのか分かっているのが父だった。だからこれらの写真はどれも間違っていた。たくさんの間違った写真、間違った彼の顔が並んでいるせいで、部屋のなかは寒かった。私は木の椅子から立ち上がろうとして、気がつけばワンピースが椅子に凍りついていてはがれなくなっていた。透明で黒いワンピースだった。体を動かすたびに、がさがさと音がした。私はガラス瓶のなかに閉じ込められたように、ワンピースに包み込まれていた。それから立ち上がって、父の顔に触れた。それはこの部屋にあるどんな物よりも冷たかった。外は夏だった。蝿の群れが飛びながら蛆《うじ》を落としていった。村は広い砂利道に沿うように伸びていた。道は熱くて茶色くて、日光の照り返しに目が焼けてしまいそうだった。

墓地には玉石が敷き詰められていた。墓には大きな石が置かれていた。

地面を見て、靴の表裏がひっくり返り、靴底が上にきていることに気づいた。ずっと靴紐を踏んで歩いていたのだ。靴紐は長く太く後ろに引きずられていた。紐の端がよじれてもつれ合っていた。

足取りのおぼつかない二人の小男が棺を霊柩車から運びだし、二本の擦り切れそうなロープで墓穴に降ろしていった。棺がぐらぐらと揺れた。彼らの腕もロープもどこまでも伸びていった。空気はからからに乾燥しているというのに、墓穴には水がたまっていた。

あんたの親父はたくさんの死者に疚《やま》しいところがあるんやで、と酔っぱらった小男の片割れが言った。

私は言った。戦争に行ったんやもの。敵を二十五人殺すたびに勲章を一つもらえた。そんな勲章を山ほど持って帰ってきたんやから。

ニンジン畑で女に乱暴したこともある、と小男が言った。兵隊四人と一緒に姦《まわ》したんや。あんたの親父はニンジンを女の股間に突っ込みよった。俺たちが逃げだしたとき、女は血を流していた。ロシア女やった。その後、俺たちは何週間もずっと武器はなんでもニンジンと呼んだんや。

秋ももう終わりのことで、ニンジンの葉は霜にやられて黒ずんどった。小男はそう言うと、分厚い石を棺の上に載せた。

酔っぱらったもう片方の小男が話を継いだ。

新年に俺たちはドイツ人の小さな町でオペラを観に行くことになった。女の歌手は、あのロシア女が叫んだのと同じような金切り声を張り上げよった。俺たちは次々に客席から出て行った。最後まで粘っとったのはあんたの親父だけや。それからというもの、あいつは何週間もずっと歌は何でもニンジン、女は誰でもニンジンって呼んどったわ。

小男は酒を飲んだ。腹がぐうと鳴った。墓穴の底に水がたまるのと同じくらい、俺の腹には酒がたまっとんねん、と言うのだった。

それから小男は分厚い石を棺の上に載せた。

白い大理石の十字架の脇に弔辞を読む男が立っていた。それから、私に近づいてきた。両手とも上着のポケットに入れたままだった。

弔辞読みは拳大《こぶし》のバラをボタン穴に挿していた。それはビロードの造花のようだった。彼は私の傍らに立つと、上着のポケットから片手を取りだした。その手は固く握られていた。指をまっすぐに伸ばそうとしたが、できなかった。苦痛のあまり目を剝《む》いた。そして声を抑えてひとり泣きはじめた。

戦争では同郷人の兵隊とは理解しあえん、と彼は言った。命令を聞こうともせんのだから。

それから弔辞読みは分厚い石を棺に載せた。

今度は太った男が私の傍らに立った。革袋みたいな頭をして表情が読めなかった。

あんたの親父は何年も俺の女房を寝取ってたんや、と彼は言った。酔っぱらうと俺を強請《ゆす》って、金まで巻き上げやがった。

男は石の上に腰を下ろした。

それから、しなびて皺くちゃの女が近づいてきて、地面に唾《つば》を吐き、ちくしょう、と私に言った。

参列者は墓穴の反対側に集合していた。私は自分の体を見下ろし、胸が丸見えだと知って、ぞっとした。悪寒《おかん》が走った。

みな目を私に向けていた。何を考えているか得体の知れない目つきだった。睫毛《まつげ》の下から瞳が射抜くようにこちらを見ていた。男たちは肩に猟銃を担いでいた、女たちは数珠《ロザリオ》を手繰《たぐ》っていた。

弔辞読みはバラを指でつまんだ。血のように赤い花びらを一枚引き抜き口に入れて食べた。

それから私に手で合図を送ってきた。いよいよ私が何か話さなければならないのだった。みんなが私をじっと見た。

一言も思いつかなかった。目が喉を通り抜けて頭のなかまでこみ上げてくるようだった。手を口元にやり指を噛みちぎった。手の甲には私の歯形がついた。歯には血潮の熱さが伝わった。口角から血が肩の上に滴り落ちた。

風が私のワンピースの袖を引きちぎった。袖は黒い吐息のように宙にふわりと浮かんだ。

一人の男が杖を分厚い石に立てかけた。そして猟銃を構えて袖を撃ち落とした。私の目の前に落ちてくると、袖は血だらけになっていた。参列者たちが一斉に拍手をした。

私の片腕は丸見えになった。冷気を浴びて石のように硬くなるのが分かった。

弔辞読みが合図した。拍手が鳴り止んだ。

我々はこの共同体に誇りを感じている。有能さが我々を没落から守ってくれている。我々は誹謗されるいわれなどない、と彼は言った。中傷されるいわれなどないんだ。我々ドイツ人共同体の名において、おまえに死刑の判決を言い渡す。

みんなが私に銃を向ける。耳をつんざくばかりの銃声が頭のなかに響き渡った。

私は吹っ飛んで倒れたが、いつまでも地面には届かなかった。彼らの頭上で宙に斜めに浮かんだままだった。それから私は音も立てずに家中のドアを押し開けていった。

どの部屋も母が掃除を終えていた。

父の遺体が安置されていた部屋にはいつの間にか長いテーブルが置かれていた。それは屠畜台だった。その上には何も入っていない真っ白な皿と、しおれた白い花束の入った花瓶が置いてあった。

母は透き通った黒いワンピースを着ていた。手には大きなナイフが握られていた。そして、鏡のまえまで歩み寄ると、ボリュームのある灰色のひっつめ髪を大きなナイフで切り落とした。切り落とした髪の束を両手でつかむとテーブルに持って行った。それから切り口を見せて皿の上に載せた。

これからは死ぬまで喪服で過ごすわ、と彼女は言った。

そして髪の端に火をつけた。それはテーブルの端から端まで届いていた。導火線のように髪の毛は燃えだした。火は嘗《な》めるように、やがて貪《むさぼ》るように進んでいった。

ロシアでは頭を丸坊主にされたのよ。でもそれが一番軽い罰だった、と彼女は言った。ひもじくてひもじくて、歩くたびにふらふらとよろめいた。夜になるとニンジン畑に忍び込んだ。見張りは銃を持っていた。見つかったら、撃ち殺されていたにちがいないわ。畑はかさっとも音を立てなかった。もう秋も終わりのことだった、ニンジンの葉は霜にやられて黒くよじれていたわ。

母の姿はもう見えなかった。髪の毛がまだ燃えていた。部屋はもうもうたる煙だった。

みんなにあんたは殺されたんやね、と母が言った。

お互い相手の姿が見えなかった、そのくらい部屋のなかには煙が立ちこめていた。すぐそばで母が歩く足音がした。私は腕を伸ばして手探りで母を捕まえようとした。

急に母が骨ばった手で私の髪をぎゅっと鷲づかみにした。そして頭を揺さぶった。私は泣き叫んだ。

目をぱっと開けた。部屋がくるくる回った。そして私は、しおれた白い花だらけの球体のなかに閉じ込められていた。外に出られないように鍵がかけられていた。

そうして私は団地がひっくり返って、地面にその中味をぶちまけているんだ、という気がしてならなかった。

目覚ましが鳴った。土曜日の朝、時刻は五時半だった。

シュワーベン風呂

　土曜日の晩のことです。お風呂のボイラーはお腹がかっかと燃えています。お風呂の窓は隙間なくしっかり閉まっています。先週のこと二歳のアルニ坊やが冷たい風に当たって風邪を引いてしまったからです。おかあさんはアルニ坊やの背中を洗いざらしのパンツで洗ってあげます。そのアルニ坊やがひっくり返りました。おかあさんはアルニ坊やを湯船から抱え上げてあげます。おお、かわいそうに、とおじいさんが言います。こんなちっちゃい子はまだ風呂に入れるもんじゃないのに、とおばあさんも言います。今度はおかあさんが入る番です。お湯はとっても熱くなっています。石けんが泡立ちます。おかあさんが首筋をこすると、灰色のうどんができあがります。そのうどんが水面にぷかぷか浮かびます。そして湯船には黄色い筋がつきました。おかあさんがお風呂から上がります。いいお湯ですよ、とおとうさんに声をかけます。今度はおとうさんが入る番です。お湯は少しぬるくなっています。石けんが泡立ちます。おとうさんが胸をこすると、灰色のうどんができあがります。おとうさんのうどんがおかあさんのうどんと一緒に水面にぷかぷか浮かびます。そして湯船には茶色い筋がつきました。おとうさんがお風呂から上がります。いいお湯だよ、とおばあさんに声をかけます。今度はおばあさんが入る番です。お湯はすっかり生ぬるくなってます。石けんが泡立ちます。おばあさんが肩をこすると、灰色のうどんができあがります。おばあさんのうどんがおかあさんとおとうさんのうどんと一緒に水面にぷかぷか浮かびます。そして湯船には黒い筋がつきました。おばあさんがお風呂から上がります。いいお湯だわ、とおじいさんに声をかけます。今度はおじいさんが入る番です。お湯は氷のように冷たくなっています。石けんが泡立ちます。おじいさんが肘をこすると、灰色のうどんができあがります。おじいさんのうどんが、おかあさん、おとうさん、そしておばあさんのうどんと一緒に水面にぷかぷか浮かびます。おばあさんが浴室のドアを開けます。おばあさんは湯船をのぞきます。おばあさんにはおじいさんの姿が見えません。黒い湯船の水が、まっ黒な湯船のへりを越えてあふれ出るばかりです。おじいさんはきっと湯船のなかにいるんだわ、とおばあさんは思います。おばあさんは浴室のドアを閉めて出て行きます。おじいさんは湯船の水をちょろちょろ湯船からあふれ出させます。おかあさん、おとうさん、おばあさん、おじいさんのうどんが排水口の上でくるくると輪を描きます。

シュワーベン人の家族はお風呂あがりには揃ってテレビの前に陣取ります。シュワーベン人の家族はお風呂あがりの「土曜映画劇場」を楽しみにしているのです。

家族の肖像

母はお面をつけたように表情が乏しい。

祖母は底《そこ》ひで目が見えない。片方は白内障、もう片方も緑内障だ。

祖父は陰嚢ヘルニア。

そして父はよその女との間にもう一人子供を作った。私はこのよその女とよその子に会ったこともない。このよその子は私よりも年上、だから私はよその男の子供だとみなが言う。

父はよその子にクリスマスプレゼントを贈るが、このよその子は自分ではなく、よその男の子供なんだ、と母には言う。

郵便配達夫が新年にはいつも封筒に入った一〇〇レイを持ってきてくれ、そしてこれはサンタからの贈り物だと言う。しかし母は、私はよその男の子供などではないと言う。

祖母は畑を目当てに祖父と結婚したのだが、本当はよその男のことが好きだった、祖父とは、「極めつけの近親相姦」と言えるほど血が近いのだから、そのよその男と結婚すればよかったのに、と言う連中がいる。

別の連中が言うには、母は祖父とは別の男の子供で、叔父も別の男の子供、しかし同じ別の男ではなく、それとはまた別の男の子供だとのこと。

だからもう一人の子供の祖父は、私の祖父にも当たるのだ、人々が言うには、私の祖父はもう一人別の子供の祖父であるけれど、同じ別の子供ではなく、それとはまた別の子供の祖父なのだ、そして私の曾祖母は嘘くさいことに「鼻風邪」で早死にしたとのことだが、しかしそれは自然死のはずもなく、ほんとうは自殺だった、のだ。

別の連中が言うには、病気とは別物だったし、また自殺でもなかった、実を言えば殺された、のだ。

曾祖父は曾祖母が死んだあと、すぐに別の女と結婚したが、彼女はすでに別の男との間に子供があった、その男とは結婚していなかったが、しかし同時にさらに別の男と結婚生活も送っていて、曾祖父との再婚の後にもまた別の子を産んだが、この子について人々は、この子もよその男の子供であって、私の曾祖父の子ではない、と言うのだ。

曾祖父は何年もずっと土曜日ごとに温泉保養地でもある小さな町に出かけた。

人々が言うには、曾祖父はこの小さな町でよその女と関係を持っていたという。

公衆の面前で堂々とよその子供の手を引いて歩く曾祖父の姿が目撃された、それどころか、その子とはドイツ語ではない別の言葉を使ってやりとりしていたらしい。

このよその女と一緒にいるところは目撃されなかった、しかし女は、と人々は言うのだが、温泉地の娼婦にほかならなかった、というのも曾祖父がその女と一緒に公衆の面前に姿を見せることはなかったから。

人々が言うには、村の外によその女とよその子供を作るような男は軽蔑されねばならないし、それは近親相姦と変わらないどころか、それは「極めつけの近親相姦」よりももっとひどい、これ以上の恥さらしはない、のだ。

澱《よど》み

垣根のそばには紫色の花、子供たちの乳歯の間には緑の実を付けたキンセンカ。

それを見た祖父がこう言った。キンセンカのせいで馬鹿になる、そんなもの食べたらあかん。馬鹿になぞなりたくないやろ。

私の耳に這い込んだカナブン。頭の奥にまで這い込まれないように、祖父が蒸留酒を耳の穴に注ぎ込んだ。私はわあっと泣いた。頭のなかがぶんぶん鳴り、頭が熱くなった。中庭がまるごとくるくると回転しだして、そのまんなかで巨人のように大きくなった祖父も一緒になってくるくると回った。

こうせなあかんのや、と祖父は言った、さもないとカナブンに頭のなかまで這い込まれちまうぞ、そしたら最後おまえは馬鹿になる。だけど馬鹿になぞなりたくないやろ。村道のあちこちにはアカシアの花。雪に閉ざされていた谷の村にミツバチの群れが訪れる。私はアカシアの花を食べてみた。花のなかにある長い鼻がとても甘い。それを噛み砕き、しばらく口のなかで遊ばせた。とうとう飲み込むと、すぐ次の花びらを唇に当てた。村には数え切れないほどの満開の花、とても食べ切れるものではなかった。

アカシアの花など食べたらあかん、と祖父が言った、黒い小蠅がなかに何匹も潜んどって、喉まで入り込まれると、おまえは声が出なくなる。おしになどなりたくないやろ。


野葡萄がたわわに実る長い通路、インクのように黒々とした葡萄が、透きとおらんばかりの薄い皮に包まれ、陽光を浴びて沸き立ちそうになっている。私は砂のケーキを焼きはじめ、煉《れん》瓦《が》を擦って赤いパプリカを作るうちに、手首を擦りむいてしまう。焼けつくような痛みが骨の髄まで走る。

トウモロコシの人形、お下げに結った髪。トウモロコシの髪を触ると、ひんやりとしてぼさぼさしている。納屋にこもった私たちは「おままごと」をしていて、藁布団《わらぶとん》に並んで寝そべってみたり、体を重ね合わせてみたりする。私たちの間には二人の服が脱ぎ捨ててある。勢い余って靴下まで脱いでしまうと、藁が脚に刺さってちくちくする。そっと靴下を履き直してみても、いざ歩く段になると、藁がちくちくしていらいらさせられる。

毎日きまって私たちには子供が生まれる、鶏小屋にはトウモロコシの軸でできた子供たち、鶏の止まり木の上にも人形の子供たちが並べてある。風が板仕切りの隙間から吹き込むたびに、子供らの服がばたばたとはためく。

仔猫に人形の衣装をまとわせ、揺りかごに縛りつけておいて、揺すって寝かしつけてあげる。

子守歌を歌いながら、猫がふらふらになるまで揺するのだ。衣装の下で猫の毛が逆立つ。濁った目を剝いたかと思うと、口からは涎《よだれ》とチーズのような吐瀉物があふれ出てくる。

祖父がナイフで紐を切って仔猫を自由にしてやる。猫はしばらくよたよたするが、やがて逆立っていた毛も落ち着いてくる、しかしそれでも相変わらず地面を踏みしめるというよりも、頼りなく空中をさまよっているかの風情だ。生きた心地もなく、ただ呆然と夏に見入ることしかできずにいる。

蝶が葡萄の木から何羽も飛び立ち、宙に浮きながら中庭を端から端まで舞い踊る。

私たちは、羽に脆《もろ》そうな血管を走らせた紋白蝶《もんしろちょう》をどんどん捕まえる。虫ピンを突き刺すたびに、悲鳴が上がるのを待ち受けるのだが、蝶の体には骨がなく、軽くて、飛ぶ以外に能がない、でもあたり一面が夏というときには、それだけですむはずがない。

針に刺された蝶は、ぱたぱたと体を震わせたあげくに死体になる。

シュワーベンの方言では動物の死体は「腐肉《ふにく》」と呼ぶのが普通だ。しかし蝶は「腐肉」にはなれやしない。それは腐ることなく、ただぼろぼろに砕けてしまうだけだから。

洗い桶に浮かぶアブ、発酵乳のバケツでは、溺れたあげく、扇風機みたいに気狂いじみたうなりをあげている。洗い桶のなかの、石けん滓《かす》だらけの薄汚れた水面に浮かぶアブ。大きな目、突きだして水面を刺す針、のたうち回る、折れそうに細い脚。

ほどなくして最後の足掻きをしたかと思うと、汚れなき死を前にしてどんどん軽くなっていきながら、水面にいつまでもへばりついている。

蝶一羽を殺すたびに二滴の血が私の爪の下にこびりついて取れなくなる。引きちぎったアブの頭は雑草の種のように私の手から地面に落ちていく。

祖父は好きに遊ばせてくれた。

でもツバメだけは生かしときや、人間の役に立つ生き物やからな、と祖父は言った。そして彼が「害虫」と言えば、それは紋白蝶を指したし、「腐肉」と言えば、たくさんの死んだ野良犬のことを指していた。

ついこのあいだまで蝶だったのに、それが今は毛虫に姿を変えて人形のなかから這い出てくる。いや、人形と見えた物は、葡萄の木の支柱にへばり付く綿まがいのものでしかない。

それじゃあ最初の蝶はどこから生まれたの、おじいちゃん？　おいおい、そんなくだらん質問はやめてくれ、そんなこと誰にも分からんのや、さあ遊びにいっといで。

住む人のいない寝室のベッドには、子供が抱いて寝るような人形だけが眠っていて、きれいに洗って糊を当てた服を着せてもらっている。

母の新婚初夜このかた、人形以外にそんなベッドで寝息を立てた者はいない。

あのときはともかく二人ともくたくたやった、父さんなんて、便所で吐くだけ吐いたらすぐに寝入ってしもたわ。初夜というのに指一本触れてこんかったんやからねえ、と母は言って、くすくす笑ったかと思うと、しばらく黙り込んだ。

あれは五月のことやった、あの年にはもうサクランボが取れた。春の訪れがものすごく早い年でね。二人きりでサクランボを摘みに行ったのよ、父さんと母さんの二人きりでね。でもサクランボを摘んでるうちに大げんか、帰り道でも一言も口をきかへんかった。父さんたら、大きな葡萄畑でサクランボを摘むときにも、他に見ている人なんか誰もいないのに、私の体に指一本触れてこんかった。そばに杭みたいにぼけーっと突っ立って、濡れてぬるぬるしたサクランボの種を吐きだしてばかりいた、それであのとき、ああこの人これからずっと私を殴りつづけるんだって直感できたの。家に戻ると、もう村の女たちが焼いたケーキの入った籠をいくつも並べてくれていて、男たちも見事な若牛を潰してくれていた。蹄《ひづめ》が堆肥の上にほっぽり出されていたわ。門から中庭への入りしなに、それが目にとまった。急に泣きたくなって、ひとり屋根裏部屋まで上っていった。誰にもそんな姿を見られたくなかった、私が幸福な花嫁なんかじゃないってことを誰にも気取《けど》られたくなかったのよ。こんな結婚なんてしたくないと声を大にして言いだしたかった。でも潰された若牛が目に入ってしまったの、今さらそんなことを言いだせば、あんたのおじいさんにぶち殺されたにちがいないわ。

咳き込んだ拍子に母の頭が大きく揺れる。首にもたくさんの皺《しわ》が寄る。母は太くて短い猪首だ。かつてはそんな首でも美しかったことだろう、かつて、私が生まれる前だったら。

私が生まれてから、母は胸の張りを失い、私が生まれてから、脚を悪くし、私が生まれてから、お腹が出て、私が生まれてから、痔《じ》にもなり便所で苦しみうめくようになってしまったのだった。

私が生まれてから、母は子供なんだから親には感謝しなさいと言うようになり、ひどく涙もろくなって、泣きながら片手の指の爪でもう一方の手の指の爪をひっかき回すくせができた。彼女の指はひび割れてごつごつしている。

ただお金を数えるときにだけ、その指は糸を織る蜘蛛《くも》のように、滑らかにもしなやかにもなる。母はお金を寝室の暖炉の排気管に貯め込んでいる。父は何か買いたくなると、母にお金をせびる。毎日何かを買いたくなるし、何にでもお金がかかるものだから、毎日金を無心することになる。そして毎晩母が、渡したお金で何をしたのか、あれいいいいだけの大金でまたもや何をやらかしたんだ、と父を問いつめる。

お金を取りに行くときには、母はいつも部屋の窓のブラインドを下ろしたままにしておく。晴れた日でも部屋の明かりをつける。腕が五本ついた立派な電灯がついているが、そのうちの電球一個だけがみじめな光を投げかける。残りの四本腕は盲《めし》いたままなのだ。

お金を数えるときには、紙幣を手でしっかり確認できるように大きな声を上げる。ときどき指先に唾《つば》を吐きかけながら、ただひたすら一〇〇レイ紙幣を数え上げるのだ。

母の手はひび割れだらけで、夏には手入れをする植物と同じ緑色に染め上げられる。

春の晩にアザミの草抜きから帰ると、母はポケットのスイバを土産にくれるし、夏には巨大なヒマワリをくれる。

私は裏庭に立って、そんなヒマワリの種を鶏の群れと一緒に食べている。そうしながら、いつも最初に飼っている動物たちに餌をやり、それからようやく自分も食事をした女の子の出てくる童話のことを思い起こす。女の子はやがて王女になり、動物たちはみな彼女のことが好きで手助けを惜しみませんでした。そんなある日、美男の金髪の王子が彼女をお妃《きさき》に迎えることになりました。こうして二人は国中でもっとも幸福な夫婦になりましたとさ。めでたし、めでたし。

鶏はひとつ残らず種をついばんだら、一斉に頭をかしげて太陽のようなヒマワリの方を仰ぎ見た。種はもう一粒も残っていなかった。私はヒマワリの茎をへし折った。するとなかには白くてぶよぶよした髄が入っていて、触れた手がかゆくなって仕方なかった。

ハチに口のなかに飛び込まれたら命はあらへんぞ。ハチのやつは口の奥を刺しよる。口のなかがみるみる腫れ上がり、ついには自分の腫れ上がった上顎《うわあご》のせいで息が詰まって死んでしまうんや、と祖父がよく言ったものだった。

花を摘むときには、口を開けちゃいけない、そればかり私は考えていた。でもどうしても歌いたくなるときもある。そういうときは歯をしっかりかみ合わせて、歌を押し殺すようにつとめた。それでも唇の隙間からハミングする音が漏れ出た、私は慌ててあたりをきょろきょろ見まわし、このハミングのせいでハチが近づいてきてやしないか確かめてみた。しかしいくら見まわしても一匹も見あたらなかった。

でも一匹くらいなら姿を見せて欲しかった。それでもハミングはつづけて、どうだい、いくらがんばっても私の口には飛び込めないだろう、とハチに思い知らせてやれただろうに。

両脇に突きだした、ぼさぼさのお下げ髪二つ。それを結わえる蝶結びのリボンが二本。力まかせに根元まで剥かれたトウモロコシの皮、白い表面に、ひび割れたように赤茶けた血管が浮き、それが端にいくにつれてどす黒くなっていって、ついには皮の外までではみだしていく。トウモロコシの皮はぼろぼろに擦り切れ、細い筋ばかりになっているので本物の髪の毛と見分けがつかない。私のかわいいトウモロコシのお人形さん、私の行儀よくおとなしい、ちっちゃな子供、首も腕も、脚も手もなく、顔すら欠けている。

私はその分けた髪をいじくりまわす。

そうして穂軸から粒を二個えぐり取る。その隙間から二つの目が虚ろに見つめ返してくる。それから、横ならびに三粒、縦ならびに三粒をえぐり取る。こわばって動かぬ口と、もがれた鼻が姿を見せる。

浮腫《むく》んだ顔のお人形。ひとたび地面に落ちて干上がれば、もっとたくさんの粒が体から落ちてしまう、おなかに穴が開きもしよう、三つ目小僧になったり、鼻や頬に大きな傷跡ができたりもするだろう、あるいは唇が噛み砕かれて、ぐちゃぐちゃになるかもしれない。そうこうするうちに、たくさん兄妹ができるだろう。なんならこの私がお姉さんになってあげてもいい。

外に広がる荒れ野では人形草が勢いよく生い茂り、村めがけて押し寄せてくる。私は村はずれにがんばって、緑の萼《がく》を折り返し、人々がのんきに暮らしているあいだに、押し寄せる草に村が襲われ、すっかり覆い尽くされてしまわぬように守りについている。

村の外に出て、荒れ野の真ん中の適当なところに立つと、ここが村はずれだ、と宣言する。荒れ野は村ではない、それは何か別のものなのだ。村はずれは明確な境ではないけれど、それでもちゃんと存在している。それはたくさんの緑の植物からなる境界なのだ。

村はずれの草の茎は葉っぱのように薄く透きとおっている。それを透かして見れば、夏はいかにももろく砕けやすいものに思えてくる。

荒れ野から眺めれば、村は丘に挟まれて草をはむ家畜ならぬ家屋の群れにしか見えなくなる。見た目には何にでもすぐ手が届きそうだが、いざそちらに足を向けると、いつまでもたどり着けない。私はこの距離感がどうしてもつかめない。いつだって私は道のりを前にして最後尾に取り残されたまま、何ひとつとして追い越せないのだ。ただ顔に埃《ほこり》を浴びせられるばかり。そのうえ、たどり着くべきゴールはいつまでたっても現れる気配がなかった。

村の出口ではいつもカラスの群れに出くわし、虚空を熱心についばむ姿まで時には目にすることもある。

さらに谷に下っていくと、灰の粉をまいたような野道に野生のバラが生え、強い日差しを浴びて無防備な頭を真っ赤にしている。そのすぐ脇の青いスローベリーは顔色ひとつ変えずに涼しげなままだ。もっとも、その葉は石灰のように白いスズメの糞まみれになっている。

スズメがさえずるのは、いつも同じ歌ばかり。いなくなると、歌まで押し黙ってしまい、後にはそこらじゅうに決まって石灰みたいな糞の落とし物ばかりが残される。村のなかでスズメのさえずりが聞こえることはない、人家の近くまでは寄ってこないのだ、というのも村のなかにはずいぶんたくさん猫がいるからで、それもたいていは近くから集まった野良猫なのだ。猫と同じくらいの数の犬も村にはいる。犬どもは、腹を引きずるようにして荒れ野を通り抜け、体温のぬくもりの残る小便を道に垂れ流していく。その毛はどれも擦り切れてぼろぼろになっている。

先の尖った小さな犬の頭は走るときにぐらぐらと揺れ、表情もなく潤んだ、鳥のような目がそのなかでくるくると回転する。その目にはいつも脅えが読み取れるし、その頭のなかにも脅えが巣くっている。男だろうが女だろうが人間からいつも蹴り飛ばされてばかりいるからだ。ただし女の蹴りは大してきつくはない、履いている靴の種類のおかげだ。

男たちが履いているのはよくある頑丈な長靴だ。そのなかに足は首までしっかりと押し込められ、靴の舌は太くて丈夫な紐でぐるぐる巻きにされている。

そんな靴で蹴りを受けたら最後、即死するしかない、それから数日というもの犬どもは体を丸めたり伸ばしたりした格好で道路脇に倒れたまま、蠅にたかられ腐臭を放ちつづけるのだ。

木の葉を枯れさせる虫が目に見えない菌糸のように宙を飛び交う。

そして果樹が病気にかかると、村の男たちは、また忌々《いまいま》しい菌糸が森から出てきよった、と言うのだ。菌糸が緑色の有毒物質を吹きだし、葉に注入していくものだから、葉の表面は小さなぶつぶつだらけになり、葉の神経も焼きつぶされてしまう。そうなると、潤いをなくした木の葉は、篩《ふるい》のように穴だらけの無残な姿をさらけ出すしかない。やがてその擦り切れた葉の縁に蜘蛛《くも》が口から白い糸を吐いて巣をかけていく。

池の泥も藻がわいて緑色に変色してしまう。

蠅がぶんぶんと、ガチョウの脂でべとべとになった翼のあちこちにたかっている。

夏に木々を腐らせる長雨で地面がぬかると、道が本当はどれほど底なしなのか、地面がどんなに簡単にえぐられてしまうものなのか、誰の目にも明らかになる。

そうなると、牝牛どもが、ぬかるみに残された不格好な大きな靴をくわえ上げて、次々に門から農家の敷地に運び入れていく。その牝牛の腹に収まった草の臭いにあたり一帯は噎《む》せ返りそうになる。いったん飲み込んだ後で牝牛が反芻《はんすう》のために口に吐き戻した球根の臭いともなると、かいだだけで吐き気がこみ上げてくる。そんなことにおかまいなく、牝牛はうわの空で反芻をつづけ、その目はふんだんな牧草にうっとりと酔いしれたままだ。日が暮れると、毎日この酔いしれた目つきになって村まで戻ってくるのだ。

わが家の牝牛が私を角に引っかけ、そのまま溝を飛び越えて逃げだしたことがあった。道路に出て深い轍《わだち》に私を振り落とすと、そのまま跨《また》いで駆けていった。糞の跳ね返りにまみれた乳房が引きちぎられんばかりに激しく前後に揺れた。

ただ茫然とその後を見送るしかなかった。駆けていく牛の後を追うようにして、空気もしばらく熱っぽく喘ぐかのようだった。私の膝は皮が擦りむけ、そこの肉が焼けるように痛んで、こんなに痛いのなら、もう生きてられないんじゃないか、と恐ろしくなった。しかし同時に痛みがつづく限りは、生きてる証拠だと分かってもいた。ぱっくり割れた膝から死に神が体内に入り込みやしないかと怖くなって、慌てて手のひらを傷口に覆いかぶせた。

そしてまだ生きていたものだから、急に憎しみが沸き起こってきた。

暴れ牛の毛深い大きな腹に眼力を集めて大きな穴を開け、内臓を手で引っ掻き回し、皮の下にむりやり肘まで押し込んでやりたいと思った。

フクロ草はささくれた葉脈に前日の雨をまだ溜め込んでいた。前にその茶色い水で顔を洗ってみたことがあって、そうしたら本当に夜には頬に紅がさして、鏡を見ていて、自分がみるみるきれいになるのが分かった。

怒り心頭で牝牛を谷まで追いかけたとき、谷でいちばん大きなフクロ草を見つけてやろうと思った。牛が角《かく》ばった頭を草むらに沈め、骨ばった尻をこちらに向けたとき、その横で私は服を急いで脱いで、今度は体中に水を振りかけた。牛は私のほうを振り向くと、何ともいやらしい目で見つめた。その目つきにぞっとして体中に鳥肌が立った。フクロ草の茂みまでもが体を揺すって、どんどん大きく、ささくれだっていった。仕方なく私は慌ててまた服を身に着けた。

乾いてくると、肌には張りが出てきて、まるでガラスのように滑らかになった。私は自分がどんなにきれいになったかを全身で感じた。何かの拍子にガラス細工の体があえなく割れてしまわぬように、慎重にそうっと歩きだした。私の歩みに合わせるようにして、草がしなやかに扇状に広がってくれたが、それでも鋭い葉先で切られて傷だらけになりやしないかと気が気でなかった。

私の歩みは糊をあてたばかりの祖母のシーツに似ていた。ある晩、はじめてそのシーツで寝たときのこと、ほんの少し動いただけで、かさこそと音がした。そしてそんふうにかさこそ鳴っているのは自分の肌にちがいないと思い込んだのだった。

本当に静かにじっとすることもあったのに、それでもかさこそ鳴る音はいっこうに止む気配がなかった。もしかしたら部屋のなかに、村はずれに一軒家を買った、素性も分からぬ骨だらけの大男が潜んでいるんじゃないか、と思えてきて怖くてたまらなくなった。誰もが知るとおり、その男は仕事に出かけずともよかった。というのも自分の巨大な骨格を美術館に売り払ってしまい、それで月々手当てをもらっていたからだ。

この男がいく晩もずっと私の部屋に潜んでいた。カーテンの裏やベッドの下、タンスの裏やストーブのなかなどに、ちらちらと姿を見せるのだった。

夜、不安が嵩じて眠れなくなり、起き上がって暗闇のなか家具をあちこち手探りしてみたが、男は見つからなかった。しかしともかく男がそこにいるのは確かなことだった。

ところが、朝になって目を覚ますと、晩のうちにランプの笠にぶつかっていた埃っぽい茶色の蛾が、天井に貼りついているだけということもよくあった。

そんな蛾を鷲づかみにしてやった。指が茶色く、粉を吹いたようになり、私が触ったところは蛾の羽が剥げて透きとおった。放してやると、まだしばらくは私の膝丈あたりをふらふら飛んだ。しかしそれ以上高く飛ぶことはもうできなかった。私は靴で踏みつけて蛾を救ってやることにした。ビロードの腹が破裂して、白い乳液が床に飛び散った。すると靴底から体を這い上がるようにして吐き気がこみ上げてきて首にぎゅうぎゅうに紐を巻きつけてくるので、私は息もできなくなった。私の首を締めつける嘔吐の手は、かつて私がこの目で見た、蓋付きのベッドに横たわる老人たちの手にそっくりで、かさかさでぞっとするほど冷たかった。あの時のベッドを取り囲むように座った人たちは、一様に押し黙り、ただ祈りを唱えるばかりだった。

老婆たちは頭巾の固い結び目の上で顎を震わせていた。その涙に濡れたまばらな睫毛《まつげ》には目やにがついているのが見えた。彼女たちが流す涙の意味が私には分からなかった。

老人のベッドについて祖母が、あれは棺《ひつぎ》っていうの、と言った、そのなかに横たわる人については、あの人たちはもう死んでいるのよ、と言った。そしてそう言いながら、その言葉が私には理解できないだろうと思っていた。しかし、はじめて聞く言葉だったのに、即座にその意味が理解できてしまった。この言葉を心に抱えたまま何日も過ごし、スープに鶏肉の塊《かたまり》が入っているのを見るたびに、ここにも死骸が浮かんでいると思ったのだった。やがて祖母は死人が出ても、もう連れて行ってくれなくなった。

平日の午後に村で音楽が演奏されるたびに、私はまた誰かが死んだのだと知った。

でもどうしても分からない謎は、どうして死にゆくさまがいつも家屋の壁に隠されて、決して人の目に触れないようにされるのか、あるいは、見せてもらえるとしても、どうしてもうけりがついてからでしかないのかということだった。それも、これまでずっと故人の身近で生活していた人に対してさえそうなのだ。

以前、広い荒れ野で命を落とした男がいた。雷に打たれて死んだのだ。それはある女の初婚相手だった、女はそれから男の弟と再婚したが、その男もやがて肺を患って死んだ、それからはもう誰とも結婚したくなかったので何年も後家《ごけ》のままで通した。やがて、夏に村の廃品を回収し、村のどの男とも違い、ただひとり鬢《びん》に白いものが目立つ男がいたが、その男にそっくりだった息子が成人すると、女は隣村の男と再婚を果たした、この男はいまだに健在だが、わが子を自分で抱いて洗礼に行かねばならなかった、というのも、この女の子供に少しでも触れたら、自分まで死に神にさらわれるだろうと誰もが信じ込んだため、名付け親のなり手が見つからなかったからだ。

やがて私が町に出るようになると、まだけりがつかぬ前の死にゆくさまを路上で見かけるようになった。

たくさんの人間がアスファルトの上に倒れて、泣きながら手足をぴくつかせていて、しかも誰の世話も受けられなかった。人々がやってきては、死にかけの人間から、手が完全に硬直して手遅れにならないうちに、指輪や腕時計を抜き取っていったし、女であれば首から金のネックレスや耳からイアリングをひったくっていった。耳たぶが破れたものの、その出血はほどなくして止まるのだった。

見ず知らずの死人と一度だけ二人きりになったことがある。あまりに長くその死人を見つめすぎたものだから、私はそれから泣きながら、たまたま通りかかった市電に駆け乗り、行ったこともない地区に運ばれた。終点で車掌に降りるように命じられたが、降りた目の前には一本の木が立っていた。

その帰り道、道路はすべて厚い壁でふさがれたようだった。

私は谷底から仰ぎ見るようにして両側の団地を見上げて、私の故郷の人々は道路に放置されたりせず、蓋付きベッドに横たわり、そばに座って祈る人たちに見守られるんだ、と独りごちた。

それからもその人たちは、つまり死者たちはかなり長く家にとどめおかれる。耳が腐りはじめ端から緑色に変色しだしてようやく、みんな泣くのをやめて死者を村の外へと運びだしていく。

そして最後に死んだ人が、次の死者が来るまでずっと墓地を守ってくれるんだと、口々に言い合うのだ。

ぼさぼさのトウモロコシの毛が片手いっぱいの塊になっているかと思えば、それはイモリの巣で、中からぴいぴい鳴き声がする。いや、まだ毛も生えていないネズミの仔ばかりだ、くっついたままの目、濡れた撚り糸みたいに細くて小さな脚、くるりと曲がった足の指。

頭上の板敷きの床から埃がざあっと降り落ちてくる。

両手ともチョークの粉を浴びたようになり、顔の表面にも埃がどんどんたまっていき、このまま干からびてしまうんじゃないかと気が気じゃない。

柳細工の籠の把《と》っ手を両手で握って持ち上げると、手のひらが切れたかと思うほどの激痛が走る。手には固まって胼胝《たこ》になったのもあるが、まだずきずきしてつらい水ぶくれもたくさんできていて、内部で痛みが槌《つち》を振るっているとしか思えない。

年寄りネズミたちは灰色で、詰め物でもしたみたいに、まるまると肥えている。生まれてこの方ずっとちやほやされ、ただ撫でさすられてばかりいたかのようだ。音も立てずにあちこち駆けずり回り、走る後から長い丸紐《まるひも》を引きずっていく。頭はとても小さくて、こんな狭い視野からでは何を見たって、尖って見えるか、細く平べったく見えやしないだろうか。

ちょっと見て、ネズミのやつら、何ちゅうひどいことをやらかすんやろう、と母が言う。地下蔵じゅう殻ばかりになってしもた。もとはどれも立派なトウモロコシやったのに、ネズミにすっかりむしり取られてしもうた。

すぐそこのトウモロコシの穂軸の下から、クンクンうごめく鼻が姿を見せ、つづいて現れた二つの眼がきょろきょろ動く。

すかさず母は傍らのトウモロコシの軸を手に取る。一撃が脳天に命中する。ぴーっと悲鳴がしたかと思うと、鼻面が血まみれになっている。ほんとうにちっぽけな命だから、その血の色だってとことん薄い。

牡猫が近づいてくる。死にかけたネズミは、表向きにされたり裏返しにされたりしているうちに、とうとうぴくりとも動かなくなる。

退屈した猫はネズミの頭を噛みちぎる。口のなかからこりこりという音が漏れてくる。噛んでいる歯が見え隠れする。そして口をぴちゃくちゃさせながら、猫はぷいとどこかに行ってしまう。ネズミの胴体だけが置き去りになる。眠りそのものであるかのように灰色でふんわりと柔らかそうだ。

すっかり満腹したんやわ、と母が言う。捕まえて猫にくれてやったのは今日これで四匹目だもの。自分では一匹も捕まえないくせに。脚の間をネズミに駆け回られようが、この怠け猫のやつは、ぽけーっとしていて何もしないんやから。

トウモロコシが次から次に籠に詰め込まれていく。地下蔵はそのぶん大きくなっていく。すっからかんになったら、蔵は一番大きくなるんだろう。

トウモロコシの軸は勝手に私の手に転がり落ちてきて、勝手に籠のなかに落ちていく。

手のひらが痛むのは、何も握ってないときだけだ。トウモロコシが当たると、もう痛みなど感じやしない。というよりも、これくらい強くて大きな痛みになると、痛み自身までやっつけてしまえるんだ。痛いっと思った瞬間にはもう手首から指先まで感覚がすっかり失せてしまうのだから。

私は床から穂軸を取り除いていった。ネズミのために逃げ道を作ってやろうと思ったのだ。そうしながらも、不安が太い結び目となって、それこそ吸う息が太い結び目となって私の喉を詰まらせていく。

二匹のネズミが板囲いをよじ登ろうとしている。母が穂軸を二本食らわせると、二匹ともあえなく落下する。

その二匹の頭を猫がまた食いちぎる。がりがりとかじる音だけがいつまでも響いている。

十月になった、十月には村の教会の、年に一度の縁日がある。

隣の家の男の子が私のために屋台の射的に挑戦してくれた。

ブリキの標的にはそれぞれ鶏、猫、トラ、小人、女の子の絵が描いてあった。小人は髭をはやし、サンタクロースにそっくりだった。

射的場の男は片腕しかなかった。つま先だって私が差しだしたお金をその手で受け取った。そして片手と膝をうまく使って銃に弾を込めた。それから銃を私のハンターに手渡した。

私のハンターは狙いを定めにかかった。何を撃って欲しい、と尋ねた。私はブリキの標的を端から順に眺めていった。

女の子がいいわ、と私は言った、あの娘を撃って。

彼が目をじっと凝らしたので、顔全体が扁平になり、本物のハンターの顔のように凛々しくなった。

引き金が引かれた、たちまちブリキの標的がひっくり返った。そしてしばらく前後に揺れたかと思うと、やがてじっと動かなくなった。女の子は頭を下にしていた。見事な逆立ちだった。

大当たり、と射的場の男が言った、さあ好きな物を選びな。

一本の紐に結わえられて、サングラス、ネックレス、ごわごわして体にフィットしない発泡ゴムの服を着せられた人形、そして表に女のヌード写真がべたべた貼ってある財布などが並んでいた。台の上には「起き上がりこぼし」とネズミがいくつか置いてあった。なかでも一匹のネズミがとりわけ不細工に見えた。私はそれに決めた。

ネズミは濃い灰色で、角ばった頭、布の耳、革の尻尾、そして腹の下には糸巻きを付けており、そこから一本の長い糸が伸びていた。その糸の端にはぴかぴか光る金属の輪が固定してあった。

私はネズミを手のひらに載せて、指先を輪に通した。それから支えていた手を退《ど》けた。

ネズミはころころと音を立てながら地面に落下していき、大きな弧を描いた。その動きを私は目で追った。

ネズミが走るとかたかたと音がした。

やっとネズミが動かなくなると、私は笑いが止まらなくなった。それから糸を巻き上げると、またネズミを手のひらに載せて、指先を輪にかけた。それから支える手を退かした。ネズミはころころ言いながら地面に落ちていき、大きく弧を描いた、走るとまたもかたかた鳴って、私はまた笑わずにいられなかった。

村中の電灯が灯りはじめる晩遅くまでずっと、笑いが止まらなかった。

音楽が鳴りだした。音頭取りの後に男女が何組も付き従った。その行列を追いかけて子供たちも車道を跳ねていった。やがて巻き上がる土煙に彼らの姿はかき消されて見えなくなった。私にはどんちゃん騒ぎの音だけが聞こえた。曲がり角にさしかかるたびに彼らは輪になって踊った、何度も輪舞して、それからまた足取り軽く弾むように先に進んでいった。

私はネズミを手に握ったまま歩道を歩いて家まで帰った。あの晩ネズミは私のベッドの横の窓框《まどがまち》で寝ることになった。

秋も深まったというのにまだ熟れない、堅くて苦いリンゴばかりが育つ谷。リンゴの軸はやけに長くて、風のようにたわみやすい。

霜が降りると、青いリンゴの顔に最初の透明な褐色の斑点が現れるし、リンゴの皮からは果敢に背を伸ばす雑草の匂いが立ちのぼり、それ、つまりこの谷がどんなに深いのかを感じ取らせてくれる。

冬になると、そんなリンゴばかりを食べさせられたのだった。

母はリンゴを載せた鉄板を暖炉の熱い金属管のなかに押し込んだ。それを取りだしテーブルの上にしばらく置いておいても、まだジュージュー言っていて、フライパンからはネバネバする果汁が滴るのだった。

家族みんなが一つテーブルを囲んで座った。誰もが食べた。部屋のなかで聞こえる物音と言えば、柱時計のチクタク、私たちの歯のクチャクチャ、そしてストーブの火のパチパチだけだった。リンゴはフライパンの底にこびりついており、手に取ろうとすると、水飴のような煮汁が糸を引いて手のあちこちにくっつき、リンゴを食べ終わるまでは、どうしても切れなかった。

私はリンゴをいっぺんに五個までなら食べられた。でも必ず後でお腹が痛くなるのだった。しかしリンゴはいつも私の顔にいい香りを浴びせてくれたし、手に取れば、その肌合いから、この野生のリンゴも普通に栽培されるリンゴのように飼い慣らされてすっかり大人しくなってしまったもんだな、と思うのだった。

父は私よりもたくさんリンゴを食べた。いつも芯まで残さず食べたが、決してお腹が痛いと訴えることはなかった。

そして食べ終わると、毛深い手に種を吐きだし、長くて茶色い軸をがしがしと噛んで、ついに軸の片側がまるで箒《ほうき》のように見えてくるまでそうしていた。

それからようやく種も、噛んでぼろぼろになった軸も、火のなかに投げ捨てるのだった。

谷に雪が降った。とんでもないドカ雪で、一晩にしてあたりの見慣れた風景が消えてしまった。村から走りだした車は本道を外れてしまった。輝くばかりの大きなカラスは雪かきをして巣を掘りださねばならなかった。木々は凍りついて透きとおり素っ裸になって空にくっついたようになった。

雲はあまりの寒さに体を寄せ合って小さくなった。ハクガンはけたたましい鳴き声でこちらの耳をつんざき、そして翼で村を覆いつくして手中に収めようと思った瞬間に、また雪に降られてすべてが台無しになった。

お昼どきに村に到着する郵便配達夫は、道路が這いつくばうようにして雪の下に姿を消すものだから、盲いたも同然、右も左も分からなくなってしまった。でもその顔のあちこちがきらきらときれいに燦《きら》めいていた。私が新聞を広げると、紙面の間から雪が落ちかかってきたが、見るからに、それは村に落ちかかるどんな流れ星より大きく白く輝く星だった。

郵便屋のコートの襟元は大きくたるんでおり、雪に埋もれた茶色い沼と言ってもよかった。彼の制帽のなかにも、コートのポケットにも、長靴にも、大きな配達カバンにも雪が降り積もった。

ある朝ようやく、太陽はさんざん苦労してやっと雪のなかから這い出てきて、からっ風のなかに姿を見せた。その日、新聞は届かなかった。列車は雪に埋もれて息絶えだえになっており、その列車のなかに新聞が積まれていたからだ。

仕方なく郵便屋は雪だけを村から村へと届けることにした。郵便局の前で彼は長靴から、制帽やコートのポケットから、大きな配達カバンから降り積もった雪をすっかり掻《か》きだし、襟元の雪をとんとん叩いて落としたりもしたのだった。

彼が持ち帰ってきた雪ぐらいの量があれば、郵便配達夫の形をした雪だるまを作るのに何の不足もなかったことだろう。


夜は凍えんばかりに寒かった。納屋の暗がりでは光る猫の目が火を掻き起こしていた。外をうろつき回る野良犬の上にも雪が降り積もった。

豚の鳴き声が聞こえた。うめき声だった。

豚の抵抗などたかが知れたもので、縛りつける鎖などなくてもいいくらいだった。

私はベッドに横になっていた。自分の喉元にナイフが突きつけられるのが、はっきりと感じられた。

ナイフに肉がどんどん深くえぐられ、まるで火がついたように痛みが走った、首の肉がまさに煮えたぎった。

えぐられた傷口はどんどん広がって私の体よりも大きくなり、ベッドを覆い尽くし、天井に達して激しくうずき、うめき声が部屋を満たした。

引きちぎられてずたずたになった内臓が絨毯《じゅうたん》の上をのたうち回り、消化しきれていないトウモロコシの饐《す》えた臭いが広がった。

ベッドの上の天井からは、ぴくぴくと震える腸にしがみつくようにして、トウモロコシの詰まった胃袋が垂れ下がっていた。

その腸が今にもちぎれそうになった瞬間、私は蠟燭《ろうそく》の火をつけた。

そして手の甲で額の汗をぬぐった。

それから服を着替えようとした。ボタンを留める手の震えが止まらなかった。袖も、ズボンも口のない袋になっていた。着ている物がことごとく一枚の袋に変わっていた。部屋までが出口のない袋だった。私自身からして袋のようだった。

中庭に出てみると、大きな図体が支柱に架けられているのが見えた。地面の雪に触れんばかりにして、まん丸い血まみれの鼻が、貝殻のように垂れ下がっていた。大きな白い腹、大きな咀嚼する哺乳動物。

雪の上には無数の血痕。白雪姫は雪のように真っ白な肌と、血のように真っ赤な頬をしていましたとさ。血が飛び散った雪、雪と血、七つの山をあっという間に越えていく。

子供たちは童話に耳を澄ましながら、ビロードのようにすべすべした自分の頬に思わず手を触れずにはいられない。

凍てつくような寒さが切妻屋根に塩を振りかけ、家屋をむしゃむしゃ食べていく。場所によっては表札や看板がぼろぼろと剥がれ落ちる。そんなふうに文字や数字が季節のなかに落ちていく。女たちにしても自分のスカートの暗い襞《ひだ》のなかに落ち込んでいくし、女たちが黙ったまま自宅の壁のなかを出入りするたびに、その背後でドアがぎぃーっと音を立てながら体ごと部屋にもたれかかっていく。

昼になって女たちはとうとう沈黙を破り、鶏を呼び寄せる。すると、羽毛をぼさぼさにした鶏が、黄色く輝くトウモロコシの粒に誘われるようにして、羽をばたばたさせながら中庭に駆け込んできて、羽根をあたり一帯にまき散らし、外から冷たい風までを持ち込んでくる。

子供たちがきゃあきゃあ言いながら学校から帰ってくる。年かさの子たちが小さな子の首根っこに雪を詰め込み、カバンで背中を殴りつけ、頭から学帽を奪い取ったあげくの果てに、力ずくで頭を雪のなかに沈めていく。

顔が冷たさと不安のために青ざめてくると、いじめられた子は泣きべそをかき、乱れた服装もそのままに家の方に走って逃げていくのだ。

覆面をしたように無表情な男たちが、虫食いで穴だらけになった毛皮の帽子を頭に載せて飲み屋から出てきて、放心の態で通りかかったかと思うと、何事かぶつくさ独り言をしゃべっている。唇と瞼はすっかり血の気が失せて紫色だし、その様子を見ていると、もし自力で駆けることができれば、簡単に村などなぎ倒してしまえそうな太鼓腹をして、曲がり角の霧のなかからぬっと姿を現す雪だるまを思い出す。

春になり、太陽が雪だるまの硬い体をぺろぺろと嘗《な》めまわし、溶かして泡にする頃ともなると、大きな腹の下から青々とした草の先端が顔を出すし、すっかり水浸しになった地下室には太い厚い板が渡される。それを男たちが大きなスズメのようによちよちと踏み歩いてワイン樽にたどりつく。そしてワインが彼らの喉をごくごく鳴らすのに合わせるかのように、彼らの靴のなかでも雪解け水がごぼごぼと音を立てるのだ。

その水は黄色く硬質で、洗濯に使っても、石けんが泡立ちもせず、すぐだまになってしまう。だから洗濯物はいつも薄汚れたままだし、ごわごわとしていて肌触りが悪い。

痩せこけた体を長い上っ張りに包み込んで、女たちが吹き過ぎる風のように道路を歩いていく。

何もない午前中には、鞍形の飾り布をつけた、襞の多い民族衣装のブラウスを着て、被《かぶ》ると骸骨みたいになる厚紙じみた頭巾《ずきん》をしっかりと頭に被り、商店まで出かけて行き、酵母やマッチ箱を買い求めるのだ。

それから女たちが捏《こ》ね上げるパン生地はとてつもなく膨れあがり、酵母に酔いしれ気が触れたようになって、家中のあちらこちらに迷い込むのだ。

老婆たちは朝食にはホットミルクの厚い膜をすすり、それに浸した砂糖パンを噛んでいるが、その目の縁にはまだ夜の目やにがくっついたままだ。昼食には丸くて白いコシのあるヌードルをもぐもぐやる。

午後は冬であれば、窓辺に腰かけて、ごわごわしたウールの靴下のなかに毛糸ばかりか自分自身まで一緒に編み込んでいく。その靴下はどんどん長くなり、ついには冬そのものと同じ大きさにまで成長していく。踵《かかと》もつま先もあるので、その気になれば一人で歩きだせそうだ。

編み針の上に屈み込んだ鼻もだんだん長くなっていき、煮込んだ肉のようにてかてかと光りはじめる。大粒の雫はしばらく鼻にぶら下がり、きらきら煌《きら》めいているが、やがてエプロンに落ちて消えてしまう。

部屋の壁には結婚式の写真が飾られている。地味なブラウスにも、髪にも重たげな花飾りがつけてある。お腹のあたりに載せた手は美しくて華奢《きゃしゃ》だし、顔も若々しいが、しかし何となく悲しげだ。その隣の写真には、子供たちの手を引く姿が写っており、ブラウスがはち切れんばかりに大きな胸をしている。その背景には干し草を山と積んだ車が止まっている。

編み物をしていると、女たちの顎から髭が生えだしてきて、やがてどんどん色あせていき、ついには白髪《しらが》になる。ときにはその髭の一本が紛れ込んで靴下に一緒に編み込まれることもある。

女たちの口髭は年々伸びてきて、鼻の穴からもイボからも毛が生えだしている。全身が毛だらけになるにつれて、胸はすっかり平べったくなっていく。そしてもうそれ以上年を取ることもなくなったら、女たちも男そっくりになって、いよいよ死ぬ覚悟を固めるのだ。

外では雪がきらきら煌めく。道ばたの雪には野良犬が小便した跡が黄色いシミとなって残っている。

村はずれに行くにつれて家屋の背が低くなる。あまり平らになっていくので、どこで家並みが尽きるのか正確なところが分からない。そんなふうに這うようにして村は、畑に置き去りにされた、イボだらけのカボチャの山を脇に見ながら谷底まで進んでいく。

暗くなると、子供たちが酔いしれたような薄気味悪いカボチャ提灯を手に村を練り歩く。

カボチャの脳髄は掻きだされる。皮がナイフでえぐられて、目が二つ、三角形の鼻一つ、そして口が一つできあがる。

カボチャの家には蠟燭《ろうそく》が立てられる。炎の明かりが目の穴、鼻の穴、口の穴から漏れてくる。

子供たちは切り落とされた頭を振り回しながら闇のなかを歩いて行く。

大人たちが傍らを通りかかる。

女たちは肩掛けをもっと首もとに寄せ、房をいじる指を一瞬たりとも離そうとしない。男たちは厚手のコートの袖で自分の顔を覆う。

あたりの景色が夕闇のなかに溶けていく。

私たちの家の窓にカボチャ提灯のように灯がともる。

医者は遠くに住んでいる。自転車には灯がつかないので、コートのボタンに懐中電灯をくくりつけてくる。そうなると、どちらが医者でどちらが自転車なのか私には見分けようがない。

医者が到着するのはいつもすっかり手遅れになってから。父は肝臓を吐きだした。それは腐った土のように、あそこのバケツのなかで嫌な臭いを立てている。

母は目を剥き、慌てふためいて父の前に駆けつけ、巨大なふきんを振って父の顔に風を送りながら、さめざめと泣く。

中身をくり抜かれた父の頭のなかで、蠟燭《ろうそく》の灯がいつまでもおどけつづけていた。

村はずれに古い調理道具が捨てられている。使い古され、底が抜け、へこみにへこんだ鍋、錆びついたバケツ、プレートが壊れ脚の欠けたオーブン、穴だらけのストーブの煙突。底が抜けた洗面器からは草が伸びだし、輝かしい黄色の花を咲かせている。

毛虫がスローベリーの苦い実に食いつき、青い果実の皮から透明な果汁を迸《ほとばし》らせる。絡みあった茂みのなかでは葉っぱが呼吸もできずに死にかけている。枝は長くて鋭いトゲに取り囲まれて生長を止め、光を求めて、いびつな形にひん曲がっている。

谷には頑丈な鉄橋が架かり、その上を列車が、同じ平原にあり、この村と見分けのつかない別の村に向かって走っていく。橋の下には冬には雪、夏には影がたまる。でもそこを水が流れることだけは決してない。川は橋などお構いなしに、知らん顔をして橋の脇を流れすぎていくのだ。そして夏の暑い日にはここに羊の群れが集まってくる。

燃えさかるイラ草が、おのが影を鞭打つようにして、村に迫りくる。炎を上げて私たちの手のなかに潜り込み、赤く膨れあがっては、ひりひり痛む噛み傷をたくさん後に残していく。

アヒルが何羽か池の生ぬるい泥んこに潜っていく。しばらくすると対岸の水面に、あたかもどこでもない場所に隠れていたかのように、さらさらした純白の姿で浮かび上がってくる。どのアヒルもぶくぶくと太り、無用の翼もすっかり衰えて、血の巡りの悪い頭はとっくに自分が鳥であることを忘れてしまっている。

アヒルの翼はテーブルの上の小麦粉やパンくずやらを掃除するのに便利で、女たちが愛用している。

アヒルの嘴《くちばし》からは泥の雫《しずく》が垂れ落ちて、また池に戻り、水面に大きな波紋を広げていく。

夏になると女たちがアヒルの腹から白い綿毛を毟《むし》り取る。こうしてアヒルは夏のあいだじゅう尾羽うち枯らして草地をよたよた歩き、翼を重そうに引きずり歩くことになる。その翼の動かし方ときたら、まるで肩をすくめているかのようだ。それからミミズを探して細い畔《あぜ》をどたどたと歩き回り、そしてカエルの大跳躍にぱくりと嘴で飛びついたかと思うと、ばりばりとかじって飲み込むのだ。

そして秋、今度はアヒルが絞められる番を迎える。

首の付け根の羽根が親指大ほど毟り取られる。太い血管がはっきりと姿を見せ、浮き出た青筋が恐怖のあまりどんどん太くなる。祖母がサンダルのまま翼の上にまたがる。それから頭が後ろに反り返えされ、それからナイフが血管の一番膨れあがったところに突き刺されると、切り口がぱっくりと開き、どんどん大きくなっていく。はじめは滴るばかりだった血はやがて迸《ほとばし》るようにして白い皿にたまっていく。血は熱く沸きたたんばかりだが、空気に触れるとたちまちどす黒くなる。

祖母はサンダルで翼を踏みつけたまま、少し屈んで一匹の蠅が飛ぶのを目で追いかけ、空いているほうの手を背中に押し当てて腰が痛いと嘆いている。

血がすっかり抜けた。

祖母が翼から足をおろす。死がそこにあらわれた。白い羽はまた鳥のものになった。さあこれでもう飛び立てるはずだ。空のはるか高みで夏が待ちうけている。

次に鳥は煮えたぎる湯の入ったバケツに沈められる。祖母が脚をつかんで引き上げる。羽根はびしょ濡れになり、あちこち地肌が透けて見える。祖母が湯に沈めたのは鳥なのに、引き上げられるのは擦り切れて糸目が見えるウールの靴下、それも目をかっと見開いたままの頭がついた靴下だ。祖母は黄色っぽい皮の毛穴から羽根を毟っては湯に放りこんでいく。たいていはそのまま底に沈んでしまう。でもときおりバケツの縁にそって、まるで何かを探すかのように、弧を描いて漂うものもある。

祖母はアヒルの胸に切り込みを入れ、蓋《ふた》のように持ち上げる。湯気のぬくもりと消化しかけのカエル、そして池の緑色の泥、それらが混じり合った臭いがむわっと押し寄せる。

明日は日曜日、そして正午の鐘が鳴れば、アヒルのハツと手羽が皿によそわれるんだ。すばらしい日曜日よ、さあどうぞ召し上がれ。

納屋の裏、タンポポのミルクとアザミの髪があふれ返るなか、蛇が何匹もとぐろを巻いている。誰もいないし、風も吹かないのに、あたりの葉っぱや茎が勝手に揺れることがある。草木の揺れた方に私は慌てて目をやる。

夜ともなれば、夢が裏庭からベッドに忍び込んでくる。

麦藁《むぎわら》を積んだ山が雨に腐って泥みたいになっている。大きな黒い蛇が次々と穴を掘っては奥に潜っていく。山の内部では藁も乾いており、草の花にも負けないくらいに黄色く輝いている。でも潜り込んだ蛇どもの体は冷たく濡れたままだ。

その藁のなかに中庭が姿を消し、畑が消え、家屋がまるごと消え失せる。もう窓も垣根も木々も屋根も見えない。母が先の開いた箒を持って表に出て行く。いざ掃き掃除に取りかかろうとすると、蛇が箒の柄に這い上がってくる。母は箒を投げだして、泣きわめきながら逃げ去り、道路まで来ると助けを求めて大声を張り上げる。どの窓も閉まったまま、シャッターも閉まったままだ。村のどこにも人影がない。

お母さん、あなたが孤独なのは誰が見ても分かるわ。

目が覚めた。項《うなじ》にしろ額にしろ髪の毛は汗でびっしょりで、乱れてくしゃくしゃになっている。夢を見て何やら叫んどったよ、と祖母に言われる。

蛇は次々にタンポポのもとに這い戻っていく。

それからしばらくしたある日のこと、祖母がまたもや蛇を連れてくる。蛇は、祖母のブラウスの鞍形の飾り布や声帯から、あるいは、いつも「昔はなあ」ではじまるおしゃべりからどんどん這いだしてくるのだ。

祖母は塩をパン生地に練り込むが、そうするうちに肘まで腕が埋まってしまう。私が脇から水を注ぎ足す。おばあさんって、なんて硬い手をしているの。

昔はなあ、村にはぎょうさん蛇がおった。森から川を突っ切って荒れ野に潜り、そして荒れ野から畑に、畑から中庭に、中庭から家のなかまで這ってきよった。家んなかじゃあ、昼間はずっと屋根裏に登る階段の裏へ隠れておって、夜になると出てきてバケツの冷たい牛乳をすすりよったんじゃ。ところで、女らは子連れで中庭の仕事やら野良仕事やらに出かけとった。子供らを毛布にくるんで柳細工の籠に寝かせ、その籠を木陰に置いたんじゃよ。そして鋤《すき》を振るって畝《うね》の雑草を抜いていった。荒い息をつきながら野良仕事するうちに、汗みどろになってのお。

ありゃ村はずれに住んどる女じゃった。野良に出て柳細工の籠に入れた子供を木の下に置いた。籠の脇には牛乳瓶も置いとった。女はジャガイモ畑に鋤を振るい、太陽を見上げ、汗みどろになって、やがて鋤を置いて木陰に戻って行きよったんじゃ。

慌てて子供をひっつかむと、泣きわめいたんじゃ。女が草むらをよろめくようにして逃げる間に、蛇がゆっくりと物憂げに籠から這いだしてきて草むらに消えていった。このわずか数秒の間に女の髪の毛はすっかり白くなってしもうたんじゃ。

畑には鋤が、木の下には籠がそのまま取り残された。牛乳はすっかり蛇にすすられて、瓶は空っぽになっておった。

女の髪はいつまでたっても白髪のままだったもんで、しまいに村のもんはみな、あの女はぜったい魔女に違いないと信じ込むことになったんじゃ。

寄ると触ると魔術の話ばかり、ついに女は村八分にされてしもうた。道で会っても女を避けるか罵るか、なんせ女は誰とも違う髪型をしとったし、頭巾の結び方から窓やドアの塗り方までまるで村のもんとは違っとるんじゃから、着こなしもまるで別、祝日も全然違うときとる。道路の掃除当番もせんくせに、お祝いに家畜を潰すとなると、男衆みたいにさんざ飲みよって、暗くなる頃にはすっかりできあがってしもうた。食器を洗いもせん、ベーコンの塩漬けを作る仕事も手伝わんと、ただ一人で箒を相手に踊っとるんじゃからなあ。

女の亭主は春になってえらく顔色が悪くなり影も薄くなりよったなあ、と思うまもなく、ある朝ベッドで硬く冷たくなっとった。

女は亭主を墓地の裏手の、上を歩くたびに水が染み出てくるような葦の原っぱに埋めるしかなかった。

その夏の葦はこれまでになく丈が伸び、もう向こうが見通せんほどじゃった。普段はぐわっぐわっと鳴くカエルも鳴きようが妙にそっけなくなりよったし、体の膨らませ方もどうにも尋常じゃあなかった、飛び交うトンボにしても普段以上に壊れ物めいて、すぐにぶるぶる震えだし、毒があるんで「蛇草」とみなが呼んどるジギタリスの白い花粉のなかにじっとしたまま動こうともせんかった。そのうちトンボはみな死んでしもうて、葦の原っぱはそこらじゅう美しくも無残な死骸だらけになったんじゃ。

夕暮れには葦の原っぱから煙があがった。魔女がまた蠟燭に火をつけよったからじゃ。

その夏の村は、それまでかいだこともない腐った臭いが充満しとって、噎《む》せ返るようじゃった。雑草が蔓延《はびこ》って手のつけようがなく、それらは贅沢なくらい色とりどりに咲いておった。

道で会っても女らは声をひそめて話すようになりよったし、被ると骸骨のようになる頭巾を目深にしよったんじゃ。

ずっと囁いてばかりいるもんじゃから、女らの声もだんだん男衆の声みたいにしゃがれていった。

男衆は、がたごとうるさい車にぎゅうぎゅう詰めになって野良まで運んでもらい、仕事中は一言も口はきかなんだ。牧草に鎌を振るい、黙々と働き汗みどろになったんじゃ。

酒場で笑い声が上がることも、歌がうたわれることもなくなってしもうた。ただ蠅どもが壁にへばりついては、うっとうしく羽で歌をかき鳴らすばかりじゃった。

男衆は各自ばらばらにテーブルに着いて、焼けつくような強い酒を喉に流し込むと、頬骨を擦るみたいに動かした。

どの畑からも、じめじめして苦《にが》そうな臭いがするばかりじゃった。

サラダ菜はどす黒く赤い葉しかつけよらんし、硬い葉が紙のようにかさこそ鳴るばかりじゃった。ジャガイモは皮を剝いても中は緑色で苦いうえに、切っても切っても目玉のような斑点だらけじゃった。小さくて硬いまま土のなかで冬を越させることしかできなんだ。そのくせ葉っぱだけはわんさか伸びよって、夏めがけてその満開の花を振りまきよったんじゃ。

辛味大根は泡が湧くみたいに苗床にあふれ返ったんじゃが、肝心の大根の味がそれまで経験したこともないくらい辛いばっかりで、木でも噛んでるみたいに硬くてとても食えたしろもんじゃなかった。野茨《のいばら》の実もいつまでたっても青く酸っぱいままじゃった。夏に雨ばっかり降ったせいじゃ。

あの魔女はいっつも四つ辻で待ち伏せしておった。

女らは白いシーツを引き裂き、帯みたいにして結びあわせて畑に張り渡した。帯の下から上を見上げても空はまっ黒けじゃった。そんくらい畑はどこもかしこも案山子《かかし》だらけになったんじゃ。

女らは男衆の上着に藁を詰め込むと、それを背の高い杭に串刺しにした。帽子も被らせてやったんじゃが、その帽子は風に揺られてしもうて、どうしようもなかった。何しろ帽子だけで頭も顔もないんじゃからなあ。

おまえたち危ない黒い男どもよ。

それからとうとう冬が来て、畑はどこも丸裸になってしもうた。畝には何も生えとらなんだ。

案山子も杭に串刺しになったままじゃったが、雪が降ると威嚇するみたいに宙に体を思いっきり伸ばしよった。ありゃまるで氷と陶器でできた大魔術師といったところじゃった、そこらの木よりも高くそびえとるんじゃからなあ。

　案山子の帽子から落ちた雪は村をすっぽり覆うほどじゃったし、肩はそれこそ雲を衝かんばかりじゃった。

　雪は表から階段一段分だけ上がったところにある家の玄関にも降り積もった。中庭では、氷った枯れ草がこなごなに砕けて割れておった。鶏はドアのところで身を寄せ合ってうずくまっとった。家のあちこちに小枝が散らばっとった。部屋のなかが森のなかみたいに、歩くたびに小枝がぽきぽき折れたんじゃよ。部屋の中央には薪割り台が持ちだされておって、その脇には斧が置いてあったんじゃ。


井戸には大きな滑車が取り付けられている。バケツが一つ上がってくると、もう一つが降りていく。バケツには氷ばかりで水はほとんど入っていない。

　今ちょうど、井戸のなかを斧の音が反響して泳ぎ回っているところだ。魔女が例によってまた薪を部屋のなかで割っているのだ。魔女の家の煙突からはリンゴを焦がした匂いがしてくる。

　村のなかをサンタクロースたちが行き交っている。

　せっかくナッツやオレンジをもらっても子供たちは脅えたようにそれを眺めやるばかり。

新年を迎えると村に手紙が一通届く。郵便配達夫は消印を何度も確認する。それはこの国のどこかにある、聞いたこともない村から届いたのだ。「レ、ー、ナ、」なんていう名前の者はこの村にはいない。手紙はあのよそ者の女、白髪頭の若い魔女に宛てられたものとしか考えられない。

氷柱が枝分かれして、内部に大きな鏡をいくつも抱えている。どの氷柱のなかを覗き込んでも、氷に閉ざされた村の似姿が浮かび上がる。

家族みんなで同じテーブルを囲む。誰もが食べながら、何か別のことを考えている。私は食事のときいつも別のことを考えてしまう。私は彼らの目では見ず、彼らの耳では聞かない。彼らの手も持ってはいない。

隣に住む女が窓辺に佇んでいる。彼女の結婚生活はたった三日しかつづかなかった。戦争中の結婚で、亭主が前線から休暇を取ったあいだに結ばれたのだ。亭主はすぐに戦地に戻っていった。それからロシアがすさまじい冬を引き連れやってきた、それ以来、何の消息もなければ、戦死の知らせもない。あれからずっと、あの人が窓をノックしないかと毎晩待ってんの、と彼女は言うのだ。

その言い方があまりに当たり前すぎて、声には何の艶もない。表情にも何の変化もない。天気の話をするときとそっくり同じ目つきなのだ。

母がテーブルに戻ってくる。そして、ことあるごとにスプーンの柄を噛んでばかりいる。

世のなか無意味なことばかりだと分かっているくせに、そのことを母は忘れているのだ。祖父にしても、知っていて当然のことをもう覚えていないと急に思い当たって呆然とすることがある。すると一人きりになって家や中庭をうろうろ歩き回り、独り言をぶつくさ言いはじめる。あるとき、彼が厩舎で餌のニンジンを切っていたときのこと、私には祖父が見えたが、彼からは私の姿が見えなかった。祖父は大声で独り言をぶつぶつ言い、斧を手から降ろしもせずに腕を振り回していた。さんざんっぱら空気を切り刻むと立ち上がって、ニンジンの入った籠の周囲をうろつきはじめた。そしてほんの一瞬のことだったが、その顔はもう長い間なかったくらいに若々しく見えたのだった。その顔を記憶にとどめる、その顔を言葉に変えて持ち歩くのは私がどうこうできることじゃない、それについて語るべきか、沈黙すべきか、それも私の一存では決められない。そしてもうそんなふうにあれこれ考えるのも止めることにした。

　祖父がふさふさした口髭を毟る。手には髭が残る。祖父はそれをじっと見て、それから床に放り投げるが、それを踏みつけにするのを忘れたことは一度もない。

　祖父は数日前から厩舎の干し草置き場に寝泊まりしている。牝牛のお産が近そうなのだ。尻を祖父の方に向けた牛が、例によって水っぽい緑がかったニンジン糞を敷き藁にしゃーっと垂れ流すと、そいつは厩舎の壁に跳ね返り、白壁に蠅のようにへばりつき、嫌な臭いとなって立ちのぼる。むせ返るような空気のなかにいると、牝牛だってお産のことなど忘れてしまいそうだ。台所の壁に貼られたカトリックのカレンダーの予定日はとうに過ぎている。丸のついた日付とある。

けの脇には「牝牛、種付け」、別の日付けの隣には「孵卵《ふらん》」とか「煙草納期限」とか「豚購入」

私は牝牛のはち切れそうな腹をじっと見て、こんな腹をして生きていられるはずがないと思う。たぶんなかには大きな石が入っているだけなんだろう。

私は今日も、牝牛がお産する現場には立ち会わせてもらえない。見ていいのはいつも今みたいに藁の上に牝牛と並んで立ち上がる、完成した仔牛だけなのだ。仔牛は触ると壊れてしまいそうだし、いつまでも両脚を震えさせている。その体には糠《ぬか》が撒かれていて、そのおかげで牝牛が仔牛の毛皮からヌルヌルした膜を嘗め取ってやっている。

仔牛に糠を撒くなんて狡いやり方だ。これも立派な詐欺じゃないか、と私は思う。

猫も何かで切れてしまった耳を私のところまで見せに来る、雪の上には血が飛び散っている。

夜いつも一緒に寝てくれる人形が椅子のクッションの上に俯《うつぶ》せになっている。ひっくり返して仰向けにしてやる。人形の鼻がもげてしまっている。体には厚手の冬物コートを着せかけられている。目がもう台無しだ。バネに付いたプラスチックの玉が飛びだしてしまって、覗き込むと、ただ深い穴が開いているだけだ。私の人形の美しい青い目がそんなことになっている。

窓を見ると、あちこちに氷の華が咲き乱れ、氷の茂みが生まれている。その瞬間にひどく肌が粟立つ。母に深爪されて、足先に激痛が走ったのだ。こんな深爪の指では、まともに歩けそうにない。

もうこれからはずっと逆立ちして行くしかない。それに、こんな短い爪じゃあ、ちゃんと話すことも、ちゃんと考えることもできないじゃないか。

窓の氷の華は共食いして、自分の葉っぱまで飲み込んでいき、ついには姿を変えて、乳白色に濁った目をした盲人の顔になる。

テーブルの上では熱いヌードルスープが湯気を立てている。さあ食事の時間よ、と母の呼ぶ声がする。最初に呼ばれてすぐ駆けつけ、テーブルにきちんと着いていなければ、母の硬い平手の跡が私の頬に残るのだ。

祖父は何度呼んでも姿を見せない。私のためにそうしてくれているんじゃないか、という気がしなくもない。母の言うことを聞かない祖父のことは大好きだ。

祖父が両手のノコギリくずを洗い落として、テーブルの端の自分の席に着く。

もう一言も口をきく者はいない。私は喉がからからになる。水が欲しいと訴えることもできない、食事中は口などきいてはならないからだ。

大きくなったら、氷の華でも料理するとしよう、食事の間もおしゃべりして、何か噛むたびに必ず水を飲むことにしよう。

雪の降らない冬もある。

ひと冬ずっと雨雲が村の上空に垂れ込めるものの、雪原を橇《そり》が滑るように、あっちに行ったりこっちに行ったりして、すぐばらばらにちぎれ、かと思うとまたつながって新しく厚い雨雲を作り上げていくのだ。

雪の降る冬は晩になっても明るさが残った。雪のなかで光が、凍りついた結晶の形に燦《きら》めいた。路上はガラス屋の店先さながらだった。どこを踏んでも、何かがぱりんと割れた。だから村を歩く人はみな丈の高い重い靴や長靴を履いていた。

父がドアから入ってきた。きらきら輝く透明な破片をたくさん長靴につけていた。手袋を脱ぐと、椅子に腰を下ろした。

彼が立っていたところには、かすかに震える水たまりが残っていた。彼の歩く後には濡れた靴底が板敷きの床に残された。

それから父は長靴を脱いだ。骨みたいに硬い牝牛の皮で作られたもので、いかにも窮屈そうだった。

父は靴の胴体から靴下代わりの布を引っ張りだした。

父の足には足裏がつづき、その足裏には冬もがさついて皹《ひび》だらけの踵がつづいていた。毎晩このがさついた皹だらけの踵をレンガで擦り落とすが、それでも全然すべすべにも柔らかくもならなかった。そういえば、そんながさついた皹だらけの踵と無関係でいられた人はこの村には一人もいなかったのではないだろうか。もしかするとこの村が拠って立っている地面、みんなに荒れ野と呼ばれている地面にこそ、踵がこんなふうになる理由があったのかもしれない。

靴下代わりの布を母がレンジの留め金に引っかけた。ストライプの入った布で、私の擦り切れたよそ行きのなれの果てだった。イースターにプレゼントされたその服は私の自慢の品だった。あの頃はまだ写真館が村にもあった。私は子供らしくまるまると太り、手首には幾重にも皺ができていた。祝日には、髪の毛を砂糖水で湿らせ、お玉の柄を使ってきれいに編み込んでもらう習慣だったが、頭はまさにその通りになっていた。もっとも、毎度のことながら、その祝日の編み込みも少しひん曲がっていた、というのも、父がまた泥酔して酒場から帰ってきたせいで、母が櫛《くし》を入れながら泣きつづけたせいだった。

このときの祝日も、この家の祝日がいつもそうであるように、台無しになった。

それは残された写真を見れば一目瞭然だ。砂糖水で固めた髪の編み込みはひん曲がり、私の微笑みも引きつっているのだから。

私はすっかり髪をとかしつけ着替えを終えると、裏庭に出て便所のなかに閉じこもった、パンツを降ろし、臭くてたまらない便器に腰かけて、ひとり声を上げて泣いた。見咎められたくなかったので、外を歩く足音が聞こえると、すかさず声を押し殺した、というのも、この家では理由なく泣くことなど許されないと分かっていたからだ。泣いていると、母に殴られることがよくあって、そんなとき母は、ほら、これでやっと泣く理由が見つかったやろ、と言うのだった。

それから私は地面にくり抜かれた穴のなかを覗いた、糞に白い蛆虫《うじむし》がたかっているのが見えた。小さな塊の黒い糞がいくつも見えると、祖母がまた便秘なのだと分かったし、父の薄い黄色の糞も、母の赤茶けた糞も見えた。祖父の糞を探していると、母が中庭に向かって私の名を呼ぶのが聞こえた、私がようやく部屋に戻って彼女の前に立つと、母は丸めた靴下をくるくると脚にはかせていく手を休めて、私にびんたを食らわせた。呼ばれたら、ちゃんと返事ぐらいせんかいな。

村の反対の端に住んでいる祖母の家を家族で訪れると、いつも母は泣きだして、父が毎日泥酔して帰ってくる、と言った。父はテーブルに着いて、祖母が目の前に置いてくれたワインのグラスには手も付けずに立ち上がり、上着を小脇に抱えて出て行ってしまった。母は暖炉のタイルにもたれて、すすり泣きつづけた。その間、私はケーキに夢中だった。

母は体ごと暖炉のタイルにもたれて、泣きわめいた。それから急に私が丸椅子に座って彼女を眺めているのに気づくと、思いがけず私とハイニーを怒鳴りつけた。なに見てんの、とっとと中庭に行って遊んでこんかいな！

ハイニーと私は中庭に突っ立ったまま一言も口をきかなかった。ハイニーはしきりに人差し指をしゃぶっていた。

私があてもなく中庭をうろうろしていると、ハイニーは畑に立ち並ぶトウモロコシの茎の間に姿を消した。私は砂山の脇に立ち止まった。砂のなかではたくさんの雲母がきらきらと輝いていた。その輝きぐあいは、いかにも潤った感じなのに、砂そのものは乾ききっていた。

私は家を作りはじめた。

それにしても母親たちがするのは何でも仕事、子供たちがするのは何でも遊びと呼ぶのはどうしてなのだろう。作り上げた家は陽を浴びて罅《ひび》だらけになった。その壁を撫でつけて平らにした。祖母の家の壁はいつもじめじめしていてカビ臭かった。しょっちゅう壁を塗り替えたが、しかしカビはすぐまた塗料の色を破って出てきた。塩が噴いたようだった。

夏の夕暮れには牧草地から戻ってくる山羊がそれを嘗めたりもした。室内では壁のまわりに、アリが外から家のなかに運び込んだ砂が紐のように連なっていた。

アリは部屋の床にもひしめき合っていた。祖母もアリには完全にお手上げだった。

あるときアリは砂糖壺のなかに入り込んだ。砂糖の粒よりもアリの方が多かった。罌粟《けし》の実のようにも見えたが、こちらはうごめいていた。

私はアリが怖くてならなかった、あんなに小さく、あんなに数が多いばかりか、何の音も立てずに仕事をやり遂げるのだもの。祖母は砂糖粒を一粒ずつ選り分けて、アリは汚くもないし、毒があるわけでもないんやから、この砂糖はまだまだ使えるわ、と言うのだった。

そんなもの一粒も口に入れたくはなかった。祖母が台所から出て行ったとたん、私は飲み水入りのバケツに紅茶をぶちまけた。

昼の間は夏だった。しかし暗くなると、季節なんてもう何の意味もなかった、というのもそれは影も形もなくなったから。ただ晩があるのみだった。外を嵐が吹き荒れた。雨が屋根に猛烈な勢いで降り注いだ。雨樋《あまどい》からは水が勢いよく流れ落ちた。

祖母は頭からザックをかぶって、大きな木の樽を雨樋の下まで引きずっていった。雨水を溜め込もうというのだった。

雨水——それを見ると、どうしてもビロードを連想せずにはいられなかった。それほど雨水は柔らかく、雨に濡れた髪の毛も落ち着いて絹糸のようになった。

夜になった。どうしてこんなに音もなく夜になるのか、私にはどうしても理解できなかった。毎晩、夏は村の真ん中で無残にも溺れ死んでいくのだった。どこもかしこも真っ暗闇になり、死に絶えたように静かになった。

相変わらず稲光がし雷鳴がとどろいていた。毛布が重い雪のように私にのしかかっていた。濡れた草でも喉に詰め込まれたみたいに息苦しくてならなかった。

室内がときどきぱっと明るくなった。祖母が何年も前から大事に残してある大きな白い空箱ががさがさと音を立てた。天井には、明暗二色の斑《まだら》模様の薄気味悪いムカデのような生き物が這い回っていた。電信柱の電線がぶつかりあっては、道路をキャッチボールするように投げつけあった。

夜、家の外では木々が鞭を振るいあっていた。壁がすっかり透明にでもなったかのように、その情景がはっきりと目に浮かんだ。木々は華奢な体をしていたが、それでもあっさり折れるようなことはなかった。

私は木々を飲んでみたくなった、無色透明で冷たそうだったから、しかし彼らは私の顔を切りつけて言った、気をつけろ、僕らの体は水じゃない、ガラスなんだぞ。雨だってガラスの塊なんだからな。

雷が耳をつんざくような音を立てて、雨戸をひっぺがえそうとした。

ハイニーがおまるにしゃーっとおしっこする音が聞こえてきて、この部屋に寝ているのが私だけじゃないのを思いだした。

ハイニーと呼びかけた。彼はおしっこしながら、怖いのかと聞き返した。

ちょっとね。稲光が部屋を照らしだした。

おまるを片手で押さえ膝を曲げて立っているハイニーが見えた。もう一方の手はおちんちんを握っていた。おちんちんは稲光を受けて真っ白だった。

私も起き上がっておまるにまたがった、おしっこの音がしないように、おなかに力を入れた。けれども下から響く音はどんどん大きくなっていった。

しゃーっと音がした。

ハイニーが私をベッドに呼び寄せた。僕は雷なんかちっとも怖かないよ、とハイニーは言った。私は毛布をめくって彼の隣に潜り込み、室内を眺めた。例の光と影が斑《まだら》になった生き物はタンスの扉にしがみついていた。

私はその様子をじっと見つめた。

――もしあんな変に長いちんちんからおしっこするのでなけりゃ、あんたのこと好きになってあげてもいいのに。この棒みたいなの、ほんとに不細工だわ。

――じゃあいいよ、明日になったら切っちまおうよ。

――あんたの子供ができるんじゃないかって怖いの。そんなことしちゃいけないのに、私たち、同じおまるにおしっこしちゃったんだもの。

――そのときはそのとき、そしたら結婚すればいい。

――だけどあんたは従兄弟《いとこ》じゃない。

――ねえ知ってる、おばあさんのおしっこ、すごい量なんだよ。おなかがとても深いんだ。

――どうしてそんなこと知ってんのよ。

――スカートの上からだって分かるじゃないか。

それから二人とも寝入った。

いつの間にやら朝の光が壁から漏れ出るように夏らしい物音を響かせはじめた。外の道路に村が戻ってきた。

私はガチョウの首の間を通って家に帰った。ガチョウは私の後を追ってシュッシュッと音を立てた、私は怖くなって足を速めた。走りださねばならないこともあった。

飼い犬がよそ者に対するように私に吠えたてた。母はもう野良仕事に出ていた、父も仕事に出ていた。祖父も仕事に出ていた。

祖母だけが家にいた。

こちらは母方の祖母だった。老婆なら村にはいくらでもいた。

私はジャガイモの皮を剝くよう言いつけられた。ナイフが滑って指を切った。デンプンが傷口にひりひりと焼けつくようにくっついた。皮を剝いたジャガイモに血がついた。ジャガイモを水に浸けた。それから取りだして輪切りにしていった。小さなジャガイモを切るとき、きれいな薄切りにするには、どのくらいの長さと幅にすればいいのか、私には分からなかった。そんなの誰も知るはずのないことだった。


最後の薄切りは歪《いびつ》で見た目が悪かった。それを口にほおばって嚙み砕くと、私は刻んだジャガイモの山の上にぺっと吐きだした。小さく嚙み砕いたので、まるでゲロのように見えた。細長いジャガイモの薄切りをたくさんかぶせて覆い隠した。

祖母は生地の上に粉を撒いては、強く捏《こ》ねて長く広く延ばしていった。そして次々に生地の縁を切り取っては、その上に刷毛《はけ》で卵の白身を塗っていくのだった。すると生地はガラスでできているように見えた。何もかもがガラスなんだ、そう木々が言っていたっけ。

祖母の重ねたスカートが上下に揺れた。前掛けは粉だらけになっていた。

もう一人の祖母は大きな胸をしているが、この祖母の胸はまるでぺちゃんこだ。もう一人の祖母のおなかは奥が深い。ハイニーがそれを見た。たぶん老婆なら深い腹をもっているものなんだろう。しかしこの祖母に限っては、スカートの上からもそれを見て取ることはできやしない。いやそうとは限らない。ハイニーなら分かるのかもしれない。でも彼には祖母が一人しかいないのに、私には二人もいるのだ。ハイニーのほうがうまくやれるに決まっている。ハイニーが知らないことなどないんだ。

早朝ミサの鐘が鳴る。教会の塔からスズメの群れがぱっと飛び立ち、背の高いポプラの並木に飛びうつる。枝がぶつかり合う。いつもポプラは揺れていて、冷たくくるくる回る大きなつむじ風を村に送り込んでくる、そのため男たちは片方の手で帽子を押さえておかなくては歩くこともままならない。ポプラから落ちてくる葉っぱは夏のように青々としており、いたって健康そのものだ。それでも、夏のさなかに葉が落ちてしまうのは、村長によれば、もう何年も前から調子の狂っている大鐘の音のせい、鐘についた錆《さび》のせいだという。一方、神父はそうなる原因を教会の塔の小さい鐘があまりに低いところに掛けてあるせいだとしている。こうして村の神父と村長のあいだには争いが絶えないのだ。

夏のあいだじゅう葉っぱが落ちるのに、梢のあたりが薄くなった気配はない。樹冠は濃く暗いままで、そこばかりずっと眺めていると、見ているこちらの顔のまわりの空気がなくなってきて、呼吸が苦しくなり、樹冠がくるくる回転して目が回りそうになる。そしてなだらかなまっすぐの道を歩いていても、よろけそうになるのだ。

秋も深くなって、村中がすっかり丸裸になっても、ポプラの木々は巨大な箒のように立ち尽くしていて、順番に硬い枝で雲を受け止めていき、そうやってできあがる霧が家屋のてっぺんを何日もずっと曇らせてしまう。だから、その傍らを通りかかっても、屋根は剥ぎ取られてしまったように姿形が見えない。

枝先の一番細いところで、ぽきんと音がする。でも、いちいちそれに耳をそばだてる者などいない。というのも、このあたり一帯では、吹きすさぶ風とそれに折られ壊された残骸ばかりが目につくからだ。

いつの間にかポプラには黄疸《おうだん》の症状が現れ、高熱を出しながら葉が落ちていく。ポプラまですっかり葉を落としてしまえば、夏はすごすごと下生えの草むらに身を隠してしまい、やがては秋も過ぎていく。しかしここでいちいち季節を問題にする者などいやしない。村は透きとおっていき、ただ長く細くどこまでもつづくばかり。家並みも垣根や畑も人々も姿を消して、ただがらんとした寂しい道だけが残る。

何から何まで丸見えで、どこもかしこも手が届き足が伸ばせる、みんなが一様に不安に脅えている、というのも、村が際限なくどこまでもつづくからだ。谷が見えると思って、それを見ているうちに谷の藪のなかに滑り込みそうになるし、森があまりに近くに見えては、そのなかに迷い込みそうになるし、川の黄色く濁った水の下に隠れた粘土層までが丸見えだからだ、そんなふうに何もかもがこちらの喉元まで、こちらの指先にまですぐに迫ってくるからだ。空にも何もない、というのも木々がすっかり葉を落としてしまっているからだ。障害となるものが何もなくなり、そもそも距離なるものが失せてしまったせいで、歩いていてもすぐ躓《つまず》いてしまう。そうなると、女たちは腹の上で腕を組み、男たちは腰で手を組むほかやることがなくなる。夏のあいだは、彼らはみな体のまわりで両手を振り回してばかりいた。鎌、鍬《くわ》、鋤、籠、バケツを持ち歩き、それらも一緒に振り回す。彼らの歩き方は緩やかで、歩き方を見れば、どこから来てどこに行こうとしているのかが、すぐに分かる。ただし、女たちが手を振るのがまとわりつく長いスカートのせいなのか、それとも逆にスカートが手のせいで揺れているだけなのか、どうにも区別がつかない。

女たちはポプラ並木の下を行くときは急ぎ足になり息を凝らす、葉のざわめきがスカートを膨らませる。足が地面に触れもしないで、ただスカートに乗って歩いているように見えることさえある。それでも、木々が頭上でくるくる回転しださないように、葉っぱに顔が覆い尽くされやしないかと恐れずにすむよう、みな歩きながら慎重に自分の靴に目をやって足元を確かめている。

そして道ばたの十字架の傍らを通りかかると、十字を三度切る、一度は指で額を、一度は口を、一度は胸を触る。

それから四段の階段を上っていくが、そのときスカートを腰のところで持ち上げて、裾を踏まないように気をつける。スカートは裾のところがいちばん重くて、いちばん広くて、いちばん美しい。

階段を上ると重い木製の扉と無愛想な厚い壁に突き当たる、壁のずっと上の方には色とりどりのガラスのはまった小さな窓が取り付けてあって、それは教会のなかでも通りのどこでもお目にかかれないような色をしている。ミサが外に出て行くことは許されないし、通りが教会のなかに入ってきてもならない。ぎーっと音がしたかと思うと、重い木の扉はすぐまた閉められる。オルガン音楽が教会の内部空間を泳ぎまわり、頭の周囲をミツバチのようにぶんぶんと飛び交う、やがて耳もそれに慣れ、こめかみが音楽のせいでずきずき痛むこともなくなり、目が乳白色の蠟燭に焼かれてひりひりと痛むこともなくなる。

女たちは砂岩の聖水盤に親指の先をちょっと浸し、再び額の上で十字、口元で十字、胸元で十字を切り、それから体を揺らしながら、まるでもう体の感覚がなくなったとでもいうかのように、しゃちこばって歩いて、居並ぶスカートの間にまだ空席の残るベンチへと向かう。ベンチの脇でいったん膝を折ってスカートを床につけ、それから立ち上がって空いた席に腰を下ろす、それからまた十字を切って、三番目の胸十字のところで、祈りに加わる。

階上の聖歌隊席ではオルガンがふがふがと鳴っている。

「オルガン踏み」は上下が塞がったみたいな青い目をしていて、その目は見る度にどんどん小さく、どんどん奥にひっこんでいく。頭はすっかり白髪で、口の上と目のまわりに冬枯れして凍りついた草むらのような毛を生やしている。しゃべろうとすると、入れ歯がかたかたと鳴る。

笑うときには、笑いはじめる前に、手を顎の下に持っていかなければ、入れ歯が地面に落ちてしまうことだろう。かなり長く笑いつづけて、口をあんぐりとしたままにしていると、必ず義歯が手に落ちてくるのだ。

すると、「オルガン踏み」は当惑した目つきで入れ歯を口に戻すが、もう笑いは跡形もなくなっている。彼は決して最後まで笑いつづけることができない。そして、年を取るっていうのは無様《ぶざま》なことなんや、というのが彼の口癖だ。

一年前には入れ歯は小さすぎた。歯肉に当たって傷をつけた。「オルガン踏み」は口の傷を村の歯医者に見せに行った。医者は窓を開けると、義歯を遠く教会の畑まで放り投げた。「オルガン踏み」はクローバーの咲き乱れる畑のただなかに駆けていった。刈り取られたばかりだったので、遠くからでも義歯は見つけられた。一瞬それがどこかの犬の歯ほど見慣れぬものに思えた。彼は義歯を持ち上げると、それをハンカチに包み込んだ。歯医者は相変わらず窓枠のところに立っていて、腕をそちらに伸ばした。それから、合図でも送るかのように、指を動かした。「オルガン踏み」は義歯を歯医者の大きな白い手に載せた。診察室に戻ると、すでに歯医者は歯の内側をヤスリで削って白い粉を床に散らばらせており、すっかり愛想がよくなったと言ってもいいくらいだった。しかし「オルガン踏み」は黙ったままじっと白い布の上に広げられたやっとこやハサミを睨みつけるばかりだった。歯医者が義歯を彼の口に入れようとすると、彼は唇をしっかりと結んだまま片手だけを突きだした。そして入れ歯を手に挨拶もせずにドアから出て行った。

外で入れ歯を上着のポケットにつっこんだ。家の門の前まで戻ってきてようやく口に入れた。今度はがたがただった。大きすぎたのだ。しかしそれ以来「オルガン踏み」が歯医者に行くことはもうなかった。

オルガンを踏んでいるあいだ、彼は帽子を片手に持ち、もう一方の手はオルガンの箱の側面に当てて体を支える。規則正しく適切な間隔をあけて踏み板を踏むが、その様子はまるで自転車を漕ぐ要領でオルガンの箱も転がしたがっているように見える。こうして踏み板ばかりか教会そのものが彼の足の下でふがふが鳴りはじめるのだ。

足踏みしながら、彼は目を閉じて自分の考えにふけるものの、概してそれは擦り切れた紐のように急に途切れてしまう、というのも足踏みするうちに、うとうとと眠り込んでしまうからだ。しかし眠りながらでも規則正しい間隔を置いて板を踏むことはできるのだ。

そうやって足踏みするあいだに、いつもズボンのボタンがぱかっと開いてしまう。「オルガン踏み」は歌が終わるたびにそれを閉め直す。それを忘れてしまったときには、ミサが終わってから閉める。それさえ忘れてしまったときには、家に帰ってようやくきちんとする。それを見た女房はボウルや鍋の間を歩きながら家中に響き渡るような声で「赤っ恥もいいとこやわ」と喚きたてる。そうやって彼女は、日曜日にはいつもそうであるように、またも安息日のスープに塩を振りすぎるし、ケーキもオーブンに入れたまま忘れてしまうのだ。

祖母は私と並んで五列目のベンチに座っている。私の隣には、大女のレーニがいる。彼女は村の女のなかでいちばん背が高い。道で見かけるとそれほど大きくは見えない。しかしここに座っているときは、本当に身じろぎもしないし、石みたいに強ばった顔つきになる。緊張して座る様子は本物の棒にしか見えない。彼女のワンピースは清潔でアイロンも掛けたばかり。上着やブラウスにはビロードの撚《よ》り糸が何列も縫い込まれている。前掛けには黒い絹でたくさん穴が刺繍されていて、それは日光が少しも当たらないのに、きらきらと煌《きら》めいている。大女のレーニはとても長くて形のいい指をしていて、肩もハンガーみたいにまっすぐだ。彼女は美人だけども、ツンとしていてなかなか近寄りがたい。私はその傍らから体をずらして、祖母の前掛けにべったりとくっつく。祖母が怒った顔をして睨みつけてくる。

私は後頭部が首に当たるくらいに頭を大きく後ろに反らしてみる。教会では空までが壁でできている。壁なのに空のように青くて、星がちりばめてある。

祖母に宵の明星はどれなの、と尋ねるが、彼女は強い口調で、馬鹿なこと言いなさんなと囁き、祈りをつづける。私はさらにあれこれと考える、マリアは本物のマリア様じゃなく、ただの石膏にすぎないし、天使も本物の天使でもなく、羊も本物の羊じゃない、血にしてもただの油絵の具の色でしかない。

大女のレーニが祈る声が私の耳に入ってきて、ああこの女《ひと》は棒じゃなくて、やっぱり本物のレーニだと分かる。それから今度は祖母を見つめる、顔ではなく手をじっと見るのだ。

筋ばっていて、肉はもうついていない、ただ骨とかさかさの皮ばかりの手だ。いついかなる瞬間に死んで硬直してしまっても、ちっとも不思議じゃない、そんな手だ。しかしまだ今のところは祈りながら動きつづけており、数珠《ロザリオ》をじゃらじゃら鳴らしている。

数珠《ロザリオ》は祖母の手の骨にぶつかって、骨だらけの小さな手に青あざができていく。その手は仕事そのもののような手で、家のあちこちに散らかる固い薪《まき》のように、乱暴な扱いを受け、彼女の家具と同じく、ひどいひっかき傷だらけで、とうに時代遅れになっている。私たちが座る教会のベンチには端から端まで達する長くて分厚いクッションが取り付けられており、それはまるでプールの浮き輪のように見える。

このクッションは、村人が冬にも教会に足を運んでくれるようにと、神父が作ったのだった。

ここのベンチに座ると、私は夏でさえ寒くて凍えそうになる。教会のなかはいつもうす暗くて、石を敷き詰めた床から冷気が這い上がってきて私に襲いかかるのだ。この床を前にすると、まるで広い氷の平原の上にいるかのような、とても不安な気持ちになってくる。平原をずっと歩きつづけたあげくに、ついには脚をなくしてしまい、しかたなく顔を脚の代わりにして歩みつづけねばならない、そんな目に遭っているかのようなのだ。

壁が、ベンチが、晴れ着が、祈りを唱える女たちが、こぞって私に襲いかかってくる。でも私も祈っているので身の防ぎようもない。自分自身からさえ身を守れない。そうして唇もすっかり冷たくなってしまう。

ヴェンデルも祖母と一緒に教会にやってきていた。私は付き添いをして家から教会の扉まで彼の手をとってやらねばならなかった。村中をずっと、人通りのない村道をずっとつきあってやらねばならなかった。這いつくばって道を横切る甲虫の姿ばかりが目につく道路を通り抜けてきた。ヴェンデルはいま階上の聖歌隊席に「オルガン踏み」と並んで座り、重たい靴を履いたオルガン踏みの足を眺めている。

日曜日に私たちが教会から出てくると、決まってヴェンデルが、自分も「オルガン踏み」になりたいんだと話しかけてくる。踏み板を踏み、頭では別のことを考える、足踏みする、すると他の連中はそろいもそろって歌いだす、こちらが足踏みを止めると、みなも歌をやめる。前にヴェンデルは前方の子供専用ベンチに座ったことがある。あのときの彼は声を張り上げて一緒に祈ったが、やたらとどもるせいで、並んで座るよその子供たちを困惑させたのだった。

そのうち神父が説教壇からチョークを投げつけた。ヴェンデルの上着の襟にチョークの跡がついた。ヴェンデルはすっかり黙り込み、悄然として座っていた、というのはミサの間は、説教の最中でもない限り、泣くことさえ許されないからだ。それに、席を立つのも論外なのだから。

それからというもの、ヴェンデルは教会の扉を開けてなかに入ると、そのまま細い螺旋《らせん》階段を上ってオルガンの置いてある階上席に登っていくようになったのだ。

今は「オルガン踏み」の隣の空いたベンチに座っている。

反対側には、せむしのローレンツが、もう一つの空いたベンチに座っている。

ローレンツはいつもの激しい乾いた咳の発作にミサの間も襲われる。そのたびに聖歌隊の女たちは、歌いながら頭を彼の方に向け、怒って苦虫を噛みつぶしたような顔をする。ローレンツは歌うと上下に動く彼女らの喉をじっと見つめている。首の血管が膨らんだり、縮んでまた皮膚のなかに隠れたりする様子をうかがっているのだ。カーティはまた首に赤いキスマークをつけていて、それが喉と連動して動きまわっている。

ローレンツは視線をそらして、肘をついているベンチの板を見る。そこには名前と西暦何年かが彫られ、ハートマークと矢がついている。そのいくつかはローレンツ自身が彫ったものだ。ローレンツは自分自身の名前をベンチに長い釘で彫った。

オルガンの本体にもローレンツは自分の名前を書き込んだ、遠くからでもその字が見える。ローレンツは文字を大きく描くのが好きなのだ。

大黒柱には「ローレンツ＋カーティ」とある。ローレンツが自分で書いたものだ。オルガンの埃だらけの側面にも「ローレンツ」とあり、この文字は、聖歌隊の女の誰かが背をもたせかけるまで、ずっとそこに見えている。

聖歌が終わると階下のベンチでは、ぼそぼそとした祈りがはじまる。女たちはみな跪いて、例の三重の十字を切り、「神よ、われは値しない」という文句をぼそぼそと言い、再び十字を切って、立ち上がる。

私も祈りを唱える。祖母に膝小僧で脚を蹴られ、慌てて声を抑える。罪から自由になれるように祈ろうと思う。父が仔牛の脚をわざと折ったことを私は知っているのだ。

村では仔牛を屠《ほふ》ることも、酒を造ることも禁じられている。でも夏になると、村には酒の匂いが立ちこめ、まるで巨大な酒槽《さかぶね》のようになる。誰もがどこか中庭の奥、垣根に隠れるようにして酒を密造している、でも誰もその件には触れない。隣人とさえも話さない。

ある朝のこと、父は仔牛の脚を斧の柄で叩き割った。それから獣医を呼びに出かけた。獣医は昼頃、自転車に乗って中庭に現れた。自転車をスモモの木に立てかけて、家畜小屋の扉の後ろに彼が姿を消すと、さっそく鶏が自転車に飛び乗った。

仔牛が餌箱の鎖に脚をひっかけてしまって、どうあがいても抜けだせなくなり、あげくのはてに体ごと棒の上に倒れかかったものだから、脚の骨を折ってしまった。そんな顛末《てんまつ》を父はルーマニア語で獣医に説明した。説明しながら父は仔牛の背中をさすってやっていた。私は父の顔をじろじろと見た。その顔つきからは、彼が真実を語っていないなんて誰も夢にも思わないだろう。私は仔牛の背中から父の手を突き飛ばし、その手を中庭の地面に投げつけ、踏みつぶしてやりたくて仕方なかった。こんな大嘘をついたんだから、父さんの歯なんか抜け落ちてしまえばいいのに、とも思った。

父は大嘘つきだった。居合わせた人々にしてもみな黙り込むことで嘘をついていた。みんな目を合わせないように虚空をぼんやり見るばかりだったのだ。私は彼らを順番に睨みつけていった、この鼻も、この目も、このもじゃもじゃの毛の生えた頭も、ともかく醜悪な顔ばかりが揃っている。父の無精ひげは彼の残虐さを倍にも見せたし、それを覆い隠しもしていた。父の両手は偽りの言葉をなぞるように動き、やることなすことを、いかにももっともらしく見せていた。

それから獣医が薄汚れた鞄を探ってノートを取りだした。白い頁に何事か書きつけると、それを破りとって父の顔の前に差しだした、父は、獣医がまだ書き込んでいる間に、その上着のポケットに一〇〇レイ紙幣をそっと入れたが、獣医はそんなことに少しも気づかぬかのように装って書きつづけた。

そうやって父は、仔牛が事故で怪我をしたと証明する書き付けを手にした。緊急屠畜許可証だった。

獣医は八杯目の酒も一気に飲み干し、それから鶏を自転車から追い払った。鶏はみなぱっと飛び立ち、空中でくわっくわっと鳴いた。サドルには真新しい糞《ふん》が山盛りになっていた。拭き取ろうとした獣医が手を汚してしまったのを見て私は小さく喝采を上げた。獣医は自転車を手で押して門から道路へ出て、そこで横から飛び乗ると、背を丸めて走り去った。その尻はサドルの両側から大きくはみだして、まるで焼き上げるときに縁からあふれ出てしまう祖母のパン生地のようだった。彼の体重に自転車がきしんだ。叔父が大きなハンマーを裏庭から持ちだしてきた。

母が叔父の前掛けを結んでやった。尻に大きな蝶結びができた。それからシャツの袖を肘までまくり上げてやったが、それの何がおもしろいのか、いつまでもまくり上げる動作をつづけていたいみたいだった。そうしながらやたらと笑ったせいで、母はひどく厚かましく見えた。母は父のシャツの袖もまくり上げた、実に手慣れたもので、厚かましさのかけらもなかった。母は自分の袖もまくり上げたが、びっくりするぐらいに素早く片づけて、顔には何の表情も浮かばなかった。

祖父は後ろに腕を引いて、自分で袖を高くまくり上げた。

私は怖くて仕方なかった。彼らはみな腕に毛が生えていたのだ。私はブラウスの袖をずっと下げて手を隠し、指で内側から布を引っ張り込んで、紐で端をくくられた袋のようにした。誰かにつかみかからないように、誰かの顔を引っ掻いたり、首を絞めたりしないように、袖をくくったまま、しばらく私はじっとしていなければならなかった。

母屋の梁のところでは、ツバメがまっ白な腹を見せて巣の縁から身を乗りだし、こちらを見下ろしていた。少しも囀《さえず》らなかった。叔父が太いハンマーを高く振り上げたとき、私は中庭に駆け込み、スモモの木の下に隠れるようにして両手で耳をふさいだ。空気は焼けつくようで、いくら吸い込んでも足りなかった。ツバメは私の後についてはこなかった、処刑を見下ろす位置で卵を抱いてなければならなかったのだ。

見慣れぬ野良犬ばかりの村が中庭に出現した。群れは堆肥の山の藁から血を舐め取り、前足や皮膚の切れ端を脱穀場の向こうまで引きずっていった。そんな犬の口から叔父が肉の切れ端を奪い取った。そんなものを口にくわえて道路に出られてはならないからだった。

水肥《すいひ》には目玉が二つ落ちていた。一つを猫が臼歯で噛んだ。目玉はぱちんと弾け、青みがかった粘液が猫の顔に飛び散った。猫は体をぶるぶると震わせ、脚をぎこちなくこわばらせながら立ち去った。

叔父は骨を鋸で挽きはじめた、骨の太さは彼の腕ほどもあった。

父は、乾燥させるために、赤い血痕のついた大きな毛皮を納屋の壁に釘で打ちつけた。そこには真昼の太陽が照りつけていた。二、三週間して、私のベッドの前に仔牛の毛皮が敷かれることになった。

毎晩、私はこの敷物を部屋の外に運びだした、というのも夜になると仔牛の毛が私の喉を詰まらせるような気がしてならなかったからだ。この毛皮をナイフとフォークで食べさせられる、そんな夢も見た。食べては吐き、吐いてはまた食べねばならず、前よりもっとたくさん毛を吐きだした。そのあげく、すっかり平らげなあかん、さもないと死ぬしかないんやぞ、と叔父に脅かされるのだった。いよいよ死ぬしかないと観念して床に身を横たえた瞬間に目が覚めた。

次の夜には、父に無理じいされて仔牛の背に乗せられた。牧草地の上を駆けずり回らされた。雑草がぼうぼうに生えていた。牧草地の中央あたりにくると、私の乗る仔牛の背骨が真っ二つに折れた。慌てて降りようとした。けれども父が怒鳴りつけてきて、さらに追い立て周辺の牧草地をひたすら駆けずり回らせた。牧草地は果てしなくどこまでもつづいていた。父は川だろうがおかまいなく駆け抜けさせては、歓声を上げた、その谺《こだま》の後を追うようにして私たちはついに森の奥まで駆けていった。

仔牛はあえぎ、死の恐怖に取り憑かれたあげく頭から一本の立木に突っ込んでいった。鼻面から血がどっと噴きだした。仔牛がどっと倒れると、私のつま先も、美しい夏靴も、ワンピースも鮮血に染まった。

母がスイッチをひねって明かりをつけ、おはようと言って、赤い斑点のついた仔牛皮の敷物を私のベッドの脇に戻した。起き上がろうとすると、部屋がぐるぐる回った、顔には日の光が一面に当たっていて暑苦しく、私は仔牛皮の敷物を踏まないよう大股になって飛び越した。昼には母が搾りたての牛乳の入った桶を手に家畜小屋から台所に帰ってきた。牛乳の表面には泡が泳いでいた。私は桶にピンク色の牛乳が入ってやしないか探し回った。血が混じっていなければおかしいはずなのに。桶はあたたかかった。私は両手でそのぬくもりを抱きしめ、そのままずっとそうしていた。

牝牛は何日もがらんと寂しくなった藁床に向かってもおもおと鳴いた。いっさい餌には口をつけなかった。何日もただ水だけを、ただ冷たい水だけをすすった、そして飲みながら頭を耳の先まで深くバケツに埋めるのだった。母は昼にはいつもあたたかい、牝牛の体温の残る牛乳を台所に運んできた。私は、もし私が奪い去られたら、私が潰されたら、彼女も悲しい思いをするだろうか、と尋ねてみた。吹っ飛ばされて気がつくと食器棚の扉にぶつかっており、上唇は膨れあがり、腕には紫の打ち身の跡がついた。どれもこれもビンタの結果だった。

いいかげんにしいや、さんざん泣きじゃくったやろうが、と母は言った。私はすぐにむせび泣くのをやめ、もう次の瞬間には親しく母と話をしなければならなかった。子供たちは両親のすることにケチをつけてはならない、というのも両親がどんな仕打ちをしようとも、子供たちはそれを受けて当然なのだから。いつも顔を張ってくださりありがとうございます、その平手打ちが当たり損ねでもしたらもったいないことでした、とはっきりと心から認めなければならないのだ。祖母が早くも大きな箒を持ってきた。私がぶつかったとき、食器棚から皿が一枚落ちたのだ。

祖母が掃き掃除をはじめた。

母はその手から箒をひったくると、それを私の前に突きだした。私は破片を掃き集めた、大量の涙にまみれて台所がすっかりぼやけて見えた。

箒の柄は私自身よりも背が高かった。それは私の目の前をあちこちに行き来した。箒の柄がくるくる回り、台所がくるくる回った。

母の額には深い皺《しわ》が寄った。ちょっとおまえ、ちゃんと体を動かしや。

敷石の上を母たちが、同じ布地を使ったお揃いのシュワーベン民族衣装を着て歩いている。歩くと大きな皺のできるスカートは、ふだんから屋根の上にもたれかかって村ごと荒れ野のなかに沈めてしまおうとしているばかりか、いざ風が吹けば、それこそ屋根に体当たりしてレンガを壊しにかかる並木の樹冠に形がそっくりだ。彼女たちはアイロンを当てた白いハンカチを前掛けの紐の下に挟み込んでいる。今朝も泣くためにベッドから這い出て、泣くために朝食と昼食を食べてきたのだった。

ひととおりの家事を手際よくすませながら、頭の方では、どうすればここから消え去れるか、どうすれば自分から逃げだせるか、そんなことばかり考えている。一日中ずっと、自分から気をそらすためだけに、家具や道具の木やら布やらブリキやらの手入れに夢中になっているのだ。昼になると、前掛けとスカートの紐を緩めて床に脱ぎ捨てタンスから黒い服を引っ張りだす。タンスに向かう段になると、天井を見上げて、自分の裸体に目がいかないように気をつける、というのも家のどの部屋でも、「恥辱」とか「ふしだら」とか呼ばれる何かが起こりうるからだ。そのためには、裸になって鏡をうかつに覗いてしまうだけでいいし、あるいはストッキングを腿まで引き上げながら、自分の柔肌をいじくってみればいい。服を着ているかぎりは人間だが、脱いでしまえば、人でも何でもない。柔肌がだだっ広く広がるばかりなのだ。

泣くために服を着て、被ると骸骨みたいになる頭巾の端から靴先にいたるまで全身黒ずくめになって、服に襞《ひだ》を作りながらお尻を振りふり歩きまわる。

その娘たちともなると、もう民族衣装は着なくなったが、でもそれは見かけのうえだけのこと。娘たちの生まれついた体の動きを見れば、どうしたってシュワーベン民族衣装の布地が広げられるのが目に浮かんでくる。娘たちの体も、たとえすらっとしているように見えても、やはり普通の洋服に収まるようには見えず、今にも縫い目が破れてはち切れてしまいそうだ。そのくせ頭のなかでは、ごく普通の洋服をごく普通に着こなしたつもりでいるから始末におえない。

影を作る大きな襞だらけのスカートを履いて、お尻を振りふり歩く母たちと並ぶようにして、そんな母親たちに密かに依存しながら、娘たちの方は体のラインがはっきり出るワンピースを着て脚を露出させながら、歩幅も狭くこちらに近づいてくる。娘たちも黒い靴、脚が透けては見えるものの、やはり黒いストッキング、それに黒いワンピースを着ている。

手には大きな黒いエナメルの三角形のハンドバッグを持っているが、その前後への揺れ方がひどくぎこちないので、ブリキでできているように見える。バッグはぺしゃんこ、というのもハンカチと数珠《ロザリオ》のほかには何も入っていないからだ、底のほうで小銭がちゃりんちゃりんと鳴るのが聞こえる。

ハンドバッグの持ち方がどうにも様にならない。というのも、箒や斧や包丁の柄あるいは家畜や子供たちの扱いには慣れてはいても、気取って手を動かすにはどうすればいいのか知らないからだ。最初のうちは手に持っていて、やがて曲げた腕のくぼみに掛ける、するとしばらくバッグは尖った鈎にひっ掛かったようになるが、歩くうちに娘たちの小さな尻にぶつかってしまうのだ。

娘たちはこの蒸し暑いのに、黒い頭巾を被っている、というのも彼女たちの髪の毛はブロンドか黒と決まっていて、たとえ黒髪でも、それで人前で泣いていいほどまでに黒くはないからだ。黒い鳥の群れのような母と娘の一団は、夜回りの住む農家の門をくぐり、中庭を踏み荒らし、開け放たれたままの野外炊事場のドアのそばを通り過ぎて、まだ切れ端が梁に引っかかっているロープを確認しにいくところなのだ。

冷たい大きな目をした女たちは、蠟燭に照らされた部屋に冷たい外気を持ち込む。部屋はビニールの造花と死臭にあふれており、ドアの陰では、生者の祈りと死者の魂が天まで届くのが邪魔されないようにと、姿見に黒い布が掛けられていて、そのなかに封じ込められた悪魔はもう手も足も出せない。母娘が常緑樹の枝を振って聖水を棺の上に垂らすと、ベールから水が染み込み、死者の頬骨を伝って、ロープで押しつぶされた喉元にまで垂れ落ちていく。その死者の顔は黄緑色に変色して蠟人形と区別がつかない。

女たちはきょろきょろして椅子を探す。腰を下ろしながら母はスカートの皺をつまんで直し、娘は太ももの上に載せた三角形のハンドバッグの位置を直す。それから母は食器のようにカチャカチャ鳴る数珠《ロザリオ》を手に巻きつけながらすすり泣きをはじめ、娘の方はハンカチで目のあたりをぱんぱん叩き、無理やり出した涙で顔を汚すのだ。

母娘たちが部屋から中庭に出てくる。その先を男たちが二人一組になって道路に出て行く。女たちも二人ずつ腕を組んで後につづく。

大きな金管楽器が日の光を浴びてきらきら輝く。

家屋の壁にぶつかった楽の音は粉ごなに砕けていくが、道路の果てで合流して再び村中に降り注ぐ。

木彫り装飾の黒い霊柩馬車に乗った黒ずくめの御者が黒い馬に鞭を当てる。馬の脚には蠅がたかっている。二頭の馬は尻を御者の目の前に突きだすようにして進み、立ち上る埃のなかに小便を垂れ流す。音楽の大きな音に怖じ気づき、どの蹄が自分のものなのか見当がつかなくなるほど狼狽《うろた》えている。

神父が吊り香炉をがちゃがちゃと言わせて教会を通り過ぎていく、というのも、神が命を召されるまで、つまり死を与えるまで待っておられず、神への畏怖もなく、自ら命を絶った死者は、教会に運び入れるわけにはいかないからだ。

墓地では黒いカラスの群れが、墓地のなかにそびえる大きな白い大理石の十字架の上高くをばさばさと羽ばたき、道の両脇を縁取るスローベリーの木からはスズメの群れがさあーっと荒れ野めがけて飛んでいく。

墓を前にして神父が、吊り香炉から生まれ出た大きな白い煙の化け物を空中に飛び立たせ、宗教の時間に、口紅なんか元をただせば蚤《のみ》の血なんだぞ、と話すときとまるで同じ口調で聖歌を朗唱しはじめる。神父が最初の大きな土塊を棺の上に投げ入れる。墓掘り人夫が酒瓶を上着のポケットにしまい、両手に唾を吐くと、スコップを手に取って、湿った土饅頭《どまんじゅう》を作り上げていく。参列者の群れは村まで戻ってくると、三々五々別れを告げて、垣根の陰にすっと姿を消すようにして家に帰っていく。道路は人通りが絶えたまま。夕陽がトウモロコシ畑のなかに沈みかかり、かすんだ赤ら顔を見せている。

そうなると村が、何てことのない子飼いの事物どもに恐怖を覚えだしもする。

そんな村は不埒《ふらち》なぐらい美しい。

村の中心が消え去り、夕陽が黄昏《たそがれ》の薄暗がりを畑まで追い込んで、そこで一気に膨らみ上がらせ、闇を濃くしていく。野草もその輝かんばかりに黄色い花をしぼませてしまう。

妙に静かな晩がないわけでもなかった。

村中から物音が絶えた。晩が黒い袋を開けて迫ってきた。その中は空っぽだった。納屋までがびくびく怖がった。

どこを向いても夜がたたずんでいて、背中を垣根にもたせかけていた。

私の靴は恐るおそる中庭に踏み入った。足を踏みだすたびに罠に落ちてもおかしくなかった。木々のなかに潜んでいたのは風ではなかった。猫が枝から飛び降りたにすぎなかった。そうしながら宙で体を恐ろしく長く伸ばした。脚の一本一本が体から外れていくようだった。着地の寸前に、猫は脚を取り戻し、誰かに置いてもらったように地面にふわりと降り立った。どこに足を向けても、必ずガラスが私と事物の間に割って入って邪魔をするのだった。鏡にはたくさんの猫が映っていた。私の顔も裸足にしか見えなかった。

雨は晩には止んでいた。夜はほとんど盲いかけていた。

祖母は、雨が降ると、敷石に当たる小さな水玉を見ただけで、あとどれくらい降りつづけるかが分かった。

祖母には雨が予告できた、というのも、降りだすときには、牝牛を、馬を、蠅やアリを見ただけで、それと分かったからだ。今日は雨を呼ぶ風が吹いとる、と彼女は言った、すると翌日には決まって雨になった。祖母は手だけを雨のなかに突きだして、雨水が彼女の肘を滴り落ちるようになるまで、じっとしていた。両手ともずぶ濡れになってから、彼女も雨のなかに出て行くのだった。

雨が降ると、祖母は中庭でする仕事を何かしら探しだして、全身がびしょ濡れになるにまかせた。彼女は頭巾も被らずに出かけた。そのひっつめにした豊かな髪が私の目に触れるようなことは普段はなかったが、雨の日だけは別で、染み込んだ大量の雨水で髪が重くなり、両脇に崩れてざんばら髪になるのだった。

私の顔めがけて畑から青草の臭いが吹きつけてくる。息を吸うたびに口のなかに苦く貼りついた。キンポウゲは雨水を溜め込んで重たくなった葉が倒れないように懸命にこらえていた。

しかしとうとう水が滴り落ちた。

私は布ではなく湿気でできたワンピースを着ている気分だった。ドアの傍らに大きな靴が並べて置いてあるのに気がついた。ちょうどこの家では何もかもが、とりわけ服や靴やベッドが、誰かの所有物であったように、この靴は父の物で、父しか触ってはならなかった。これまで一度として誰かが他人のベッドや部屋で寝ることはなかったし、昼食のテーブルで他人の席に座ることも、朝起きて父と祖父が間違って相手の服を身につけたこともなかった。ただ私だけが、てかてか光る父の靴を履いてみたり、祖母のナフタリン臭い肩掛けをまとってみたりして、家のなかをうろつき回ることがあった。もちろん、そうできるのは母が仕事に出ているときに限られていた。

ヒキガエルが敷石を跳び越えていった。表皮が広すぎて、そこらじゅう皺だらけだった。カエルは向こうのイチゴ畑に這っていった。表皮がしなびすぎたせいか、葉っぱに触れてもかさっとも音がしなかった。

私は寒さに凍えそうだった。

寒すぎて私の頬骨に罅《ひび》が入った。歯は冷えきり、眼球は凍りついた。髪の毛まで痛くなってきた、髪がどんなに頭の奥深くまで根を張っているものなのか、身にしみて分かった。髪は根元までずぶ濡れになっているか、凍りついているかだった、しかしどちらにしてもたいした違いはなかった。もしかしたら長い髪の重みがそう感じさせるだけだったのかもしれない。

私は夜を中庭に閉じ込めた。ドアの室内側は暖かく乾ききっていた。木のぬくもりが手に優しかった。何度もその表面を撫でさすり、ドアを撫でさすっている自分の姿にふと気がついてぞっとした。両足を揃えて父の靴を脱ぎ、廊下に上がって靴下のまま剥き出しの床板を踏みしめた。くるぶしだけが私を残して先に台所に駆けていった。台所のドアを開けてから、しばらく震えていると、母が外は寒かったのか、寒さが戻ったのかと尋ねた。彼女は「戻った」という言葉にアクセントを置いた。私は、外は寒いけれど、でも寒さが戻ったわけじゃない、とひそかに思った、というのも一日一日が別の寒さなんだから、いつも寒さが違う、毎日がそこかしこを霧氷だらけにしてしまう新しい寒さを連れてくるんだ。おいおまえ、そういつもびくびくすることないやろうが、と母が言った。

母と父はもう夕飯を食べ終えていた。

祖母と祖父はとうに寝室に引きあげていた。壁越しにラジオの音が聞こえてきた。

食卓にはザウアークラウトと燻製ソーセージの皿が並んでいた。テーブルにはソーセージの皮やパンくずが散らばっていた。父は椅子をずっと後ろに引いて、壁に寄りかかり、爪楊枝《つまようじ》で歯をせせっていた。

父の髪を梳《と》かさせてもらえる晩がごくたまにあった。父の髪はふさふさだった。そのなかに私の手を潜り込ませると、手首まで隠れてしまうのだった。でも髪の毛にはつやがなく、重く引っかかってうまく梳かせなかった。その一本が私の肌の下に紛れ込むこともあって、そうなると体中が火照《ほて》るか寒気に震えるのだった。

私は白髪を探した。それなら引き抜いても構わなかったのだ。しかし数が断然少なかった。一本も見つけられないこともざらだった。

父の髪に分け目を入れても、蝶結びのリボンを飾り付けてもよかったし、地肌すれすれまでヘアピンを差し込んで髪を留めても構わなかった。頭巾を被せても、ショールやネックレスを掛けてもおとがめなしだった。

ただ顔にだけは手を出してはならなかった。

なのに、私がそれをしてしまうと、たとえうっかりしてであっても、そんなことが起きると、父は蝶結びのリボンもヘアピンも、ショールもネックレスももぎ取り、私を肘で突き飛ばして怒鳴りつけるのだった。もうええ、とっととあっちに行ってくれ。その度ごとに私はひっくり返って泣きだし、そして、私の両親はいないんだ、この二人は何の関係もない赤の他人なんだとふいに悟ると、なぜ自分はこの家で、この台所で、こんな人たちと一緒に座っているのか、なぜ母の手料理に慣れてしまい、両親の習慣を不思議とも思わないのか、なぜいいかげんこんなところから逃げだしてしまわないのか、別の村の知らない人のところへ行けばいいじゃないか、そしてどの家にも長居はせず、家の人に嫌われないうちに、さっさと先を急げばいいじゃないか、と我が身を責めるのだった。

父はひと言も口をきかなかった。この人は顔に手を置かれるのが我慢ならないんだ、今度そんなことをすれば命はない、と私は肝に銘じなければならなかった。

父の鼻や頬から手でも生えてくればいいのに、と私は願った、そうすればどのみち顔のなかにもともと手があるわけで、もうどうにも退《ど》かしようがないはずだから。父が顔に手を伸ばすのは顔を洗うときだけだった、それも自分自身の手でしかないうえに、顔面で占める面積は手より泡や石けんの方がよほど多かった。触られた父の怒りはいっこうに収まらず、頬骨と顎のあたりがぴくぴくと震えつづけていた。

父さんはあんたと遊んであげたかったんやないの、と母が言った、だけどあんたがいつも何もかも台無しにしてしまうんやわ。わあわあ泣くのはいいかげんにしときや。

何か言い返してやりたかった。でも口のなかが舌で詰まってしまって、ひと言も発せられなかった。

自分の手を見てみた。まるで切り落とされたように目の前の窓框《まどがまち》に転がったまま、ぴくりとも動かなかった。爪がまた汚れていた。手の臭いもかいでみた。けれども爪垢には臭いがなかったし、手のひらや手の甲も臭くはなかった。

寒さにかじかんだときのように、急いで指を動かしてみた。すると指だけは地面に落ちそうになるのに、私自身は蠟燭のように背をぴんと伸ばしたまま椅子に腰かけつづけていた。

赤い蝶結びのリボンがテーブルの脚の傍らに落ちていた。拾い上げ、それを窓框の上に置いた。それからすぐまた手にとって拳のなかで押しつぶした。ヘアピンで爪垢を落としているうちに、爪がどんなに平らで幅広いかに改めて気づくのだった。

父の体は広げた新聞の陰に隠れていた。父は文字にすっかり没頭していた。壁の向こうでは祖父のラジオが西ドイツ首相アデナウアーの話をしていた。母は白い布を前に、こちらを向いて座っていた。針が彼女の額と膝の間を行き来した。母と父はまたぽつりぽつりと話をはじめたが、その言葉少ない会話のほとんどがまたもや牝牛とお金に関わることだった。両親は、昼間はそれぞれ働き、顔を合わせることもなかったし、夜には背中合わせに布団に入るので、見つめあいもしなかった。

母は手縫いの壁掛け布を作っているのだった。今レンジの上に掛かっている壁掛けは物干しの針金の赤錆の跡だらけだし、縫い目が透けて見えるほど擦り切れてもいた。レンジの上に浮かぶ女には目が片方しか付いていなかった。もう一方の目と鼻の一部は洗濯機のなかに置いてきぼりにされたのだ。女は両手にボウルとお玉を持っており、髪には花を一輪挿していた。

そして女は、それが私にはとても気に入っていたのだが、ハイヒールを履いていた。靴の下には格言が読み取れた。「よいか、よく聞け、飲み屋、ワインとビールを避けよ。夕飯には必ず家に帰れ、汝の妻を愛せ、さもなければ終わりだぞ」。

母は壁掛けを家のあちこちに掛けていた。食卓の上に掛かる布は、リンゴと梨に囲まれるようにして、ワイン一本と頭を落とした鶏の丸焼きが並ぶ図柄だった。その下に一行。「ご馳走にありつければ、心配事などすぐ忘れられる」。この文句はみんなのお気に入りだった。何度となく来客にねだられて母は新聞紙に文句を書き写してやらねばならなかった、というのも誰もがそれを自分で刺繍したがったからだ。

母は、壁掛けはとてもためになるやで、と言った。

でも母が縫い物に取りかかれるのは、家のなかの掃除がすっかりすみ、中庭がすっかり夜気に包まれ寒くなって、外に出ようにも出られない晩遅くに限られていた。

昼間はずっと縫い物をする暇などあろうはずもなかった。毎日まいにち彼女は、時間がない、山のような仕事が片付かない、と繰り言のように言うのだった。縫い物は仕事のうちに入らなかった、だから縫い物は晩遅くにしかできなかった。

働きづめの人生から母は逃れようもなかった。だからといってその努力のほどを村人たちが認めてくれるわけではなかった。近所の人が母を評して言うことといえば、悪口ばかりだった。あの女みたいな役立たずはおらん、晴れた日にも本ばかり読んどるんだから、あの家のなかはしっちゃかめっちゃかになっとる。旦那だって女房に劣らず役立たずだ、なにしろこんなひどい目に遭っているのに文句も言わずじっと耐えとるんじゃからな。

母は這いつくばって板張りの床を端から端まで滑るように何度も往復する。

そんなふうに雑巾《ぞうきん》がけをしているのが母だとはすぐには分からない、というのもそういうときの母はどんどん内向していき、外から見ると仕事人間どころか仕事が服を着ているとしか思えなくなるからだ。

床板が母の前でぴかぴかに輝きだす。

母の目は絶えず落ち着きなくきょろきょろしている。瞳がくるくる自転する黒い点になってしまっているのだ。一日中ずっと仕事そのものになりきらずにすむなら、きっと母の目も美しい静かなものになれるだろうに。

母はかわるがわる視線をバケツに向けたり床に送ったりしている。

ある夜のこと、母は床に積もった砂の夢を見たことがあって、朝起きると夢の話をしながら、くすくす笑った、しかしその夢のイメージはずっとどんよりと母の肌に浮かんだまま消えていかなかった。

毎日の雑巾がけのせいで家中の床板が腐ってしまった。木喰虫はじめじめした床からドアやテーブルの天板やドアノブに逃げ込んだ。家族写真の木枠までもかじって、粉を吹く溝を作り上げた。おかげで母は木の粉を新しい箒で掃き取らなければならなかった。

箒はどれも箒職人のハインリヒのところで買ったものだった。どの箒の柄も仕上げ加工はされず、脂のシミがあちこちに付き、焼け焦げた砂糖までくっついていた。職人の女房が毎日パン菓子を焼くせいだった。揚げパンの日もあれば、砂糖をまぶした渦巻きパンの日もあった。パン菓子が焼き上がっていても、生地からは鼻をつくイーストの嫌な臭いがした。

職人の家はどこもかしこもイーストとまき散らされた砂糖だらけだった。レンジの上には、柔らかくしたイーストを入れた牛乳の小鍋が載せてあった。牛乳は鍋の縁に大きな濁った泡を作っていて、それがまるで斜視の眼のように見えた。

女房は家に七匹の猫を飼っていた。名前もなかったが、それぞれが残りの六匹を見分けられたし、職人にも女房にもきちんと違いが分かった。いちばんのチビは卵を入れる籠で眠ったが、今まで一度も卵を壊したことはなかった。いちばんの年寄りは一階のテーブルの十字つなぎの上で寝た。その板の両側に猫の腹ははみだしていた。この猫はいびきばかりかいていた、そのたびに職人は、歳のせいだと言うのだった。いったい幾つなの、と尋ねてみると、すごい歳だと答えるばかりで、すぐぷいっと顔を背けて、慌てて屈み込む仕事を探しだし、頭を下に尻を上にした姿勢になるのだった。

冬に生まれた仔猫たちは熱湯の入ったバケツで、夏に生まれたのは冷たい水のバケツで溺れ死にさせられた。溺れ死んだら冬でも夏でも堆肥の山の奥に埋められた。

箒の材料になるホウキ草は夏にはうっそうと茂り背も高く伸びた。茎の先端が家の屋根を見下ろすほどだった。風が茂みに吹き込んできても、もう畑の終わりにまでたどり着けなかった。行き場を失って迷ったあげくに、風は何とか身をふりほどこうとして、草をがさがさと引っかき回した。

夜には畑からかさかさと鳴る音が聞こえた。目を覚ますと、職人は台所に出て絨毯の縁に沿って行ったり来たりした。

翌朝には意を決して鎌でホウキ草の脚を次々に刈り取り、結わえて束にしていった。

彼は少し刈ったら、少し飲んだ。夕暮れどきになると、少し虚空を眺めては、また少し飲んで、また虚空を見て、少し飲んで、また少し飲んで、とうにすべての刈穂が束にされて地面に積まれたというのに、相変わらず畑から動こうとはしなかった。いつも強い酒の瓶を上着に忍ばせていた。彼がかく汗も、畑にジョボジョボ垂れ流す小便も酒の臭いをぷんぷんさせていた。風が彼の汗まみれのシャツをまさぐった。

刈り取りのすんだ畑はぽっかりと大きな穴が開いたようだった。箒職人の靴はもうこの穴から出られなくなっていた。歩こうとすると膝がぶつかり合った。両足とも自分が右足なのか左足なのか分からなくなっていた。目の前をたくさん靴が動いているのに、歩いている本人はそのどれとも関係がなかった、そして同じように無関係でしかない靴をたまたま前に繰りだしては、あたりの靴を踏んづけてしまうのだった。たくさんある靴のどれも彼の靴ではなかった、靴を履いた脚は数あれど、どれ一本として彼の脚ではなかった。

職人は畑の垣根にもたれて、村を眺め渡した。この村は実際にここで建てられた本物ではなく、どこかよそで作ってから運んでこられた書き割りめいていた。

職人の飼い猫はみな家のなかにいて、眠りこけたり、ごろごろ喉を鳴らしたり、餌を食べたりしている。中庭から帰ってくるときには、いつも毛を逆立たせ、脚をこわばらせて敷居をまたいでくる。少しばかりのぬくもりが体内に戻るまで、総毛立ったままだ。

晩には必ず猫が牝牛の後ろ脚を取り囲むようにして集まり、職人の女房が乳搾りをする手にじっと見入る。胃や腸に何か詰まったみたいにお腹がぎゅうっと鳴って、たまらず猫は自分の舌を噛んでしまう。

猫の視線は乳を搾る指に貼りついたまま。乳房からは白い乳がほとばしる。猫の目はじっと動かず、葡萄の実のように、透きとおってくる。女房が両脚でバケツを挟み、下唇を噛む。口は真一文字にきりっと結ばれている。鼻の付け根の血管が膨れあがり、額が牝牛の腹に押しつけられる。牝牛は頭を飼い葉桶に沈め、餌を食べはじめる。ときどき糞まみれの尻尾が振られて、弱々しい円を描く。その脚はしっかり藁のなかに立っている。

女房が乳搾り用の腰掛けをどかし、バケツを持ち上げる。泡立つ牛乳を注ぎ口から大きなボウルに流し込む。そして一枚のパンを小さくちぎって牛乳に浸していく。

ボウルが地面に置かれると、猫たちがところかまわず彼女の腕に飛び乗り、ボウルの縁の場所を取りあってぶつかり合う。欲望を剥き出しにしたうなり声があがる。舌は伸びるだけのびて真っ赤になる。力に劣る猫たちは争いを遠巻きにするしかない。背後から眺めるその様子は、こんな喧嘩にはほとほとうんざりしたと言わんばかりだ。

冬の夜ともなると、猫たちは屋根裏への階段を登っていく。燃え立つような目を前に押しだすようにして登っていく。保存箱の小麦粉にふーっと息を吹きかけたかと思うと、燻製室をうろつき回る。燻製ベーコンの側面に顔を埋めて、塩っからい縁をなめ回す。そして階下に降りてくると、昆虫の甲殻やらスズメバチの抜け殻やらが口ひげにいっぱいくっついている。その上、耳には汚らしい脂が詰まっている。

箒の完成品はいつも柄を下にして廊下の壁に立て掛けられた。猫はその間を通り抜けるのだったが、その拍子に箒が一本でも倒れると、土間から埃が雲のように舞い上がった。泡を食った猫は廊下の扉もひとっ飛びにして、いちもくさんに逃げ去るのだった。

母はこの壁に立て掛けられた箒から毎月一本を購入した。どの箒も揚げパンやプラム酒の臭いをぷんぷんさせていた、そしていつも埃と小さな蜘蛛の巣だらけだった。

裏門から入ってくると、母は購入した箒を持ってそのまま井戸に向かい、ポンプの水をさかんに掛けた。澄みきった水が箒の隅々まで行き渡り、汚水となって中庭に流れ出た。

母が箒で垣根をとんとんと叩くと、垣根の横棒がどれもうなり声を上げげた。小さな光り輝く種籾《たねもみ》が箒の先から敷石の上に跳ね落ちて、しばらく石の上をころころと転がった。動きが止まると、もうどこに行ったのか分からなくなった。またたく間に輝きが失せてしまったのだ。

新しい箒を下ろすと、母はまず壁の埃を払うことからはじめる。部屋箒、台所箒、前庭箒、裏庭箒、牛小屋箒、豚小屋兼鶏小屋箒、薪置き場箒、納屋箒、それに床板箒、燻製室箒をそれぞれ一本、そのほかに外回り箒が二本ある。うち一本は敷石用、もう一本は芝生用だった。

母は地面にたまる落ち葉のために夏箒を揃え、中庭や道路を覆い尽くす雪のためには冬箒を揃えている。これらはどれも柄の長い箒ばかり。他にも柄の短い箒が揃っている。食卓の引き出しにはパンくず箒、窓框には絨毯叩き箒、夫婦の寝室にはシーツ箒や上掛け箒、タンスのなかには洋服箒、タンスの上には家具の埃落とし箒が置いてあるのだ。

母はこれらの箒をみな使って家中をきれいにしている。

壁時計の箱から埃を払う。蓋を開けて文字盤の埃も払い落とす。花瓶、燭台、ランプの笠、眼鏡ケース、それに薬箱だって一番小さな箒できれいにする。ラジオのつまみ、祈祷書のカバー、家族写真にいたるまで埃をきれいに払い落とすのだ。

母は柄の長い新しい箒を使って壁の埃を払っていく。

蜘蛛の体から蜘蛛の巣をひっぱがす。蜘蛛は家具の下に逃げ込む。それでも母は見つけだし、腹ばいになって親指で蜘蛛をひねり潰してしまう。

そうしておいて、できたばかりの壁掛けをかける。「早起きは三文の徳」。この格言から目を上に移すと、ウールでできた緑の鳥がずいぶん大きく嘴を開けている。この目で初めて見てから、この鳥のことは何でもよく知っているつもりだった。しかしその声を聞けたのはずいぶん後になってからだ。部屋に誰もいないときにしか歌ってくれないからだ。誰かが入ってくると、とたんに歌うのをやめてしまう。しかし歌わなくても嘴は大きく開いたままなのだ。

しかし一度だけその嘴が閉じられたことがあった。私は慌てて祖母を呼びに走った。一緒にベッドの脇まで戻ってくると、嘴はまた大きく開けっぱなしになっていた。鳥が目配せしてきたけれど、それについてはもう祖母には黙っておいた。というのも彼女は、裏庭からここまで引っ張られてきたので、最初からひどく機嫌が悪く、荒れた手で私の耳を引っ張ると、こんな耳、頭から引きちぎったろか、と怒鳴りだしたからだ。

母は観音開きの窓を外し、大きなブリキの水槽で洗う。とてもきれいになって、水鏡に映るように、村中が窓のなかに映しだされる。窓ガラスの代わりに本当に水がはまっているようだ。そこに映る村までが水からできているかに思えてくる。そんな窓ガラスのなかの村を見つめているうちに、やがて目がくらくらしてきて気絶しそうになる。

家中、隅から隅まできれいになった。母は寝室も居間もカーテンを閉めて暗くしていく。誰も住んでいないかのように、すっかり暗くなっていく。蠅まで途方に暮れて、開いたままの最後のドアから羽音を立てて飛びだしていく。そのドアも母が閉めてしまう。母自身は締めだされたようにしばらく中庭にじっとしている。ぎらつく太陽に一瞬その目が眩《くら》む。母は手を帽子の庇《ひさし》のようにして目の前にかざす。

軒先の樋で何かがちっちっちーと鳴いている。スズメが巣を作っていたのだ。またもや母はこの目で見てやろうとしている。すかさず長い梯子《はしご》を取りに裏庭へ駆けて行く。

巣は小さくてぐらぐらと不安定だ。すぐ母の箒に引っかけられ、地面めがけて落ちていく。皺くちゃの灰色の肌をした絶叫が敷石に当たってひしゃげる。いつの間にやら猫が姿を現して、悠々と尻尾をまっすぐ後ろに伸ばしたまま、後脚であぐらをかく。鳥の雛たちのちっちっちーという鳴き声が、猫の喉の奥からまだ聞こえてくる。食道に落ちてもまだ懸命な抵抗を見せている。しかし猫はとうに気持ちよさげに太陽を見上げている。

私は杏の木の下で様子をうかがう。あたりの地面は毛虫の糞だらけだ。このぶくぶく太り、緑の毛に覆われ、青い水玉模様のある毛虫は、ときどき、中庭に顔を見せることがあった。内臓までも緑色だ。毛虫を見かけるたびに、私は悲鳴を上げる、すると祖父が駆けつけてきて、毛虫を踏みつぶしてくれる。毛虫どもは病気の木を狙っとるんだ、と祖父が言う。うちの杏の木はどれも病気にかかっとるからな。私は黄色い杏をつくづく眺めて、これはみな病気なんだと思う。病気の杏を食べながら、杏の病気がうつればいいのにとも思う。私は祖父をじっと見る。この人は杏の病気にかかっている、それは火を見るよりも明らかだ。祖父はまた自分の仕事に取りかかる。

母は相変わらず梯子の上に乗っている。踏み段に圧《お》されて彼女の靴の裏はひしゃげてしまっている。そんな靴底ごと母は私より高いところにいる。そうして今度は母が私の顔を圧しつぶす。私の目の上に立って、それを踏みつぶす。母に踏んづけられて、私の瞳は白目の方に押しやられる。母の靴底に濃い青色の桑の実のシミがついているのが見える。

母が横目で私の方を見下ろす。その横顔は半月のように大きくて冷ややかだ。顔を半分なくして、この横顔しかもう残っていない。そのなかで目はナイフの切れ目のように細い。梯子がぐらついて、母の体が村の上空をブランコに乗ったように大きく前後に揺れる。手を伸ばせば、天にいる死者たちにも触れられそうだ。

空まで暑そうで、一羽の鳥も見えない。だんだん午後も遅くなってきた。

裏門がぎぃーっと鳴る。父が入ってくる。父がこんなに早く帰ってきた。今日はふらついていない、酔っぱらっていないんだ。私の心は喜びのあまり高鳴った。日の暮れるのが待ち遠しい。喜びのなかに不安もあった。心が高鳴ったが、それは喜びにひそむ不安のせい、もう喜ぶのはこれが最後かもしれないとの不安、不安と喜びは実は同一のものじゃないか、という不安のせいだった。

夕飯を食べようとしてみた。上下の歯が噛み合わなかった。口のなかにたまる唾は、まるで他人のもののような味がした。飲もうと思った水も喉でつかえて、なかなか飲み込めなかった。

もしかすると、今晩は珍しく穏やかな晩になるかもしれない。もしかするとまた父の髪を梳かせてもらえるかもしれない、そして白髪が見つかるかもしれない、そうしたら毛根ごと引っこ抜かせてもらおう。

もしかすると父の髪を赤い蝶結びのリボンで結わえさせてもらえるかもしれない。今日こそ、こめかみだけには手を触れないように気をつけよう。

顔に手を出すなんてことは二度とすまい。父の命まで危うくしてしまうから。

祖母がまた井戸の敷石の上に倒れた。それがおかしくて私はいつまでも笑っていた。何も敷石にけつまずいたからではなく、私が大笑いするように、祖母はあんなに手ひどいこけ方をしたのじゃないだろうか。

祖母は腕にギプスを付けることになった。ひと夏中ずっと付けていた。ギプスの腕の先端からは彼女の手、本物の手がのぞいていた。祖母のギプスの腕はとてもきれいだった。とても白くて、とても力強く見えた。いちど祖母に、とても似合っていると言ってみた。彼女は怒って、私めがけてスリッパを投げつけた。当たりこそしなかったが、私はわあわあ泣いた。

祖母のギプスの腕はだんだんと汚れていった。ギプスの腕を作ってくれた町の医者は、浮腫《むく》んだとても青白い顔をしていた。祖母のギプスの腕をふたたび目にしたとき、その顔はもっと膨れ上がった。

ギプスの腕には牝牛の糞が跳ねていくつもシミがついていたし、トマトの葉がこすれた緑の跡もいくつか、スモモの青いシミがたくさん、それに脂ジミがいくつかついていた。まさにひと夏がまるごとその上に残っていたのだ。どうも医者はこの夏が嫌でたまらないらしかった。そこで新しいギプスを作った。でも最初のギプスの腕の方がきれいだった。新しいギプスの腕は私には気に入らなかった。それは白すぎて、祖母が付けるとちょっと間が抜けて見えた。

その日、祖母は私を町まで連れて行ってくれたのだった。

真新しいギプスの腕を付けて祖母と私は公園に寄った。そこで祖母が白パンとサラミを食べさせてくれた。ベンチの前を鳩がちょこちょこ行ったり来たりしていた。人を怖がりもしないで、ちぎって投げてやったパンくずをたちまちついばんだ。

祖母が前掛けからパンくずを払い、私たちは立ち上がった、それから大きなピンクのアイスを買ってもらったが、そのとき祖母は、私がそれを舐めはじめる前に、本当はおまえなぞにアイスはもったいない、おとなしく電車の座席に座っておられんかったんやから、とさかんに言いたてた。実を言えば、私は荒れ野の赤い罌粟《けし》の花を摘みたかったのだ、列車よ、止まって、と心のなかでお願いした。ちっとも時間はとらなかっただろうに。花を素早く摘むのは得意なんだから。だけど列車は聞く耳も持たず、野獣のように、赤い罌粟の花咲くそばをどんどん駆けぬけていくばかりだった。

祖父と一緒に谷まで下りて砂を掘り集めるたびに、私が乗った列車よりもっと美しい列車が川べりを通り過ぎていった。遠くからでもその音が聞こえた。美しいリズミカルな音を立てていて、窓辺には頭がたくさん並んでいた。私はうれしくなって高く飛び跳ね、さかんに手を振った。すると窓辺の手が反応して振られた。かなり遠くなっても、いつまでも振られていた。

時には女の人たちが窓辺にいることもあった、みなきれいな夏服を着ていた。顔まではよく見えなかったが、それでも夏服と同じくらい美人なのは分かった。そしてそんな女たちが、どうしようもなくちっぽけで、彼女らの目に留まるはずもない私たちの田舎駅に降り立つことなど絶対にありえなかった。こんな駅で降りるにはもったいないくらい女たちは美人だったのだ。

私は合図なんかして彼女らを恥ずかしがらせたくはなかった、もしかすると恥ずかしがり屋かもしれないのだから。だから私の手は振っているうちにどんどん重たくなっていき、やがて体の横を滑るようにして下に落ちていった。

がたごと走り過ぎる列車の傍らに立って、その車輪を見ていると、そのうち列車が私の喉の奥から走りだしているような気がしてきた。そのとき列車は、私の内臓をずたずたに引き裂き、その結果として私が死ぬことになろうが、痛くも痒《かゆ》くもないんだ、と思った。美人たちを町に運んでいくのが列車の仕事であって、どうせ私はこの村で、蝿のたかる馬糞の山を前にしてくたばっていく運命なのだから。

そうして私は死の訪れを待ちうけた。卒倒することになるだろうと思った。頭を草むらに打ちつけて、おしまいなんだ。

私は小石の混じらない草むらを探し歩いた。顔をすり傷だらけにしなくてすむように、仰向けに転倒したかった。柔らかい草むらに倒れたまま、だんだんと冷たくなっていって美しい死体になりたかった。

それにきっとみんな、私が死んでしまったら、きれいな新しいワンピースを着せてくれるだろう。

まだ陽も高い昼のことだった、死はなかなか訪れなかった。

私は想像に耽った。みんなどうして私がこんなに思いがけず死んだのか、と顔を見合わせて尋ねあうだろう。母は私を悼んで泣きじゃくるだろうし、村中のみんながどんなに私のことを好きだったのか、思い知るだろう。

しかし死はいつまでたっても訪れなかった。

夏が伸びた草から重苦しい花の香りを体の上に浴びせかけてきた。野草の花が肌の下に這い込んできた。私は川べりまで行って、腕に水を注ぎかけた。すると肌を突き破って茎がどんどん伸びだした。私自身が美しい湿地の風景そのものとなっていた。

背の伸びた草むらに寝そべり、大地に自分が少しずつ溶け込んでいくがままにした。向こう岸の大きな柳が揃って私のもとまでやって来て、枝を私のなかに張り、葉を私のなかに振りまいてくれるのを待ち構えた。そして彼らの口からこんな言葉が聞けるまで待ちつづけた。きみはこの世でいちばん美しい湿地だ、みんながみんなきみのところにやってくる。大きくてスマートな水鳥の群れも連れてきてあげよう、ただし彼らはきみのなかで羽ばたきまわり、きみのなかに向かってうるさく鳴き叫ぶだろう。でも泣いちゃいけない、湿地は勇敢でなきゃいけないんだから、僕らの仲間になった以上は、きみは何にでも耐えられなくちゃいけないんだ。

大きな翼を持つ水鳥たちが私のなかに居場所を見つけて、飛び立つのに必要な助走距離もちゃんと確保できるように、私は体をどこまでも広げていきたかった。とりわけ美しいリュウキンカを体で支えたいと思った、あの木は重たいけれど、きらきらと光り輝く様子がきれいだから。

祖父はすでにスコップでさらった砂を岸辺に積み上げていた。私は貝殻を集めた。貝殻を川べりまで持って行き、それで水をすくっては飲んだ。白くて、エナメルのように輝いていた。汲んだ水は、黄色の土と、土のようにも見えるが、実はもがくようにうごめく、小さな生き物でいっぱいだった。

歯と歯の間に砂が詰まった。噛むと、舌から上顎まで口中がじゃりじゃりして、ひりひり痛んだ。こうして私は、貝が死ぬときどれほど苦しい思いをするのか、いっぺんに理解できた。パンツにも砂が入った。歩くと擦れて、それは貝が死ぬときと同じ激しい痛みだった。お腹まで川に浸かった。パンツが濡れて膨れあがった。どこまでが水でどこからがお腹か区別できなくなった。手でパンツのゴムの下をまさぐり、股間の砂を洗い落とした。

そうしながら、禁じられたことをしているような気がしてきた、しかし見とがめる者はどこにもいなかった。祖父の目は絶え間なく岸に放り上げられる自分の砂ばかりを追っていた。でも神様はどこにだっている。宗教の時間にしょっちゅう聞かされたこの言葉を思いだした。木々のなかに神を探して、それから例の大きな白髭を生やした神が、生い茂る葉の上高く、はるかな高みの夏のなかにいるのを見つけた。

聖母マリアは、私が教会で前列の子供用ベンチに座るたびに、人差し指を立てて威嚇してくるのだった。しかしそうしながらいつも優しそうな顔を作っていたので、彼女のことを怖いと思ったためしはなかった。彼女は例によってライトブルーの長い衣を着て、美しい赤い唇をしていた。神父が、口紅なんか元をただせば蚤《のみ》の血なんだぞ、と言ったとき、私は不思議で仕方なかった、それじゃあどうして脇祭壇にいる聖母は唇を赤く染めなければならないんだろう。実際に神父にも尋ねてみたが、彼は真っ赤になるほど私の手を定規でひっぱたくと、そのまま家に追い返した。おかげでそれから何日かは指を曲げることもできなかった。

あのとき私は藁を積んだ納屋の裏手にある畑に行って、クローバーの咲き乱れるなかに寝そべり夏を見上げた。たまらなく暑かったこの日の頭上には雲ひとつかかっていなかった。そして広大な世界のどこを探しても、神様の髭は見つからなかった。こういう日にはさすがの神様もどこにでもいるというわけではないようだった。

祖父はと見ると、相変わらずスコップで砂を川から放り上げていた。ひらひらする膝丈の下着が祖父の脚に貼りついていた。まるで両腿に挟まれた水掻きのように見えた。

リネンの下着の下に太い塊が見えた。祖母が髭を生やしているのと同じ場所だった。大人たちだけの大きな秘密の場所だった。

祖父は胸も脚も、腕も手もかなり毛深かった。背中にはやはり毛深い大きな肩胛骨が二つ付いていた。

祖父の体毛は濡れて肌に貼りついていた。その体はまるできれいに舐め回されたみたいだった。体毛自体は別に醜くも美しくもなかった。だからあってもなくてもどっちでもいいんだな、と私は思った。

祖父の足の指は異様に長く、硬化した皮膚に節がいくつもできて異様にごつごつしていた。見えないように祖父が足を水に浸けておいてくれると、私はほっと胸を撫でおろせた。

祖父が、砂をもっと岸の奥まで投げ入れようとして、足を高く掲げると、彼の足が水に浸かってどんなに白くふやけているかが分かった、まるで溺れ死んだ者の足のようだった。

急に祖父が岸にスコップをがちゃんと放り投げたかと思うと、私をつかんであっという間に岸に引き上げた。祖父の前を細い黒蛇が動いていた。異様に長くて、体を使って水面を波立たせていた。泳ぐときには鎌首をもたげ、平べったく尖った頭を水面から出していた。

蛇は川面を漂う小枝のような体だったが、しかし枝にしては、あまりにつるつるとして、てかてかと輝いてもいた。だから祖父は遠くからでも蛇を見つけることができたのだった。

きっとあの蛇は触ったらとても冷たかったことだろう。

祖父はスコップで蛇の行く手を遮った。それからスコップの柄に這いのぼらせ、岸の砂山の上に投げつけた。

蛇は美しくも気味悪く、あまりに禍々《まがまが》しいが、私は蛇の命が気がかりで、早く死ねばいいのにと思うわけにもいかなかった。

祖父がスコップで蛇の頭を刎《は》ねた。

私はもう湿地でいるのが嫌になった。

祖父はまた川底の砂をスコップですくい上げはじめた。

馬は鉄道の線路沿いを歩きながら、伸びた草を食べていた。その頭と腹はひっつき虫だらけになっていた。

夕方になって川の水深が深くなったように思えた。谷のなかはまだ昼のように明るかった。

しかし川面は早くも暗くなって、流れる水も重たげになった。

祖父は川から上がって、砂を今度は荷車に積み上げた。

それから馬を川べりまで連れて行き、水を飲ませた。

馬が長い首を曲げて、いつまでも水をすすり込むものだから、いったいどれほど深い腹をしているのか、想像もつかなくなった。しかし、もし馬が本当に喉が渇いていれば、降り注ぐ雨だって止むまで飲みつづけるのだ。それを私が知らないわけではなかった。

祖父が馬を荷車の前につないだ。それから私たちは馬に乗って村への坂道を上っていった。荷車の板の間から水が垂れ落ちた。砂にはまだ川の水が大量に残っていたのだ。私たちの後には車の轍、水の跡、砂の跡、そして馬の落とし物が残った。

祖父が馬を門のそばまで寄せた。それから飛び降りて門を大きく開けた。そして中庭に入っていった。

門のなかは何もかもが乾ききっていた。中庭の土は固くしっかりしていた。

祖母が柳細工の籠を手にハーブ園から戻ってきた。スローベリー畑の裏手にある鉄くず置き場からスープ鍋が拾ってきてあった。

それに土を詰めて、ジェラニウムを植えるのだった。

祖母のジェラニウムは紙の造花みたいに味気ないものだったが、祖母にとっては、スープ鍋のジェラニウムほど美しいものはなかった。

ジェラニウムだらけの板を廊下に、ジェラニウムだらけの板を廊下の階段側のドアの脇に、ジェラニウムだらけの板を中庭から畑に向かう木戸の脇に置いていた。

部屋の窓も台所の窓もスープ鍋のジェラニウムでいっぱいにしていた。豚小屋の脇の砂山もジェラニウムの苗木だらけだった。そして家のなかの梁という梁にはスープ鍋がいっぱい掛かっていた。

祖母のジェラニウムは一生ずっと花開いていた。

祖父はそれについては何も言わなかった。生きているあいだ一度もジェラニウムという言葉を口にはしなかった。ジェラニウムを醜いとも美しいとも思わなかった。この花は彼にとって、ちょうど私にとって彼の体毛がどうでもいいのと同様に、どうでもいいものだった。あるいは彼はジェラニウムなど目に留めさえしなかったのかもしれない。

祖父が死んだとき、祖母は集めていたジェラニウムを抱えて彼の部屋に持っていった。

祖父はスープ鍋に植わったジェラニウムの森のなかで棺に安置されていた。この時にもジェラニウムは彼にはどうでもよかった。相変わらずひと言もそれについて言葉を費やしはしなかった。

祖父が死んでから何かが変わった。祖母はもうジェラニウムもスープ鍋も家に持ち帰らなくなった。

しかし、それまで集めていたジェラニウムとスープ鍋、それらは今でも捨てずに置いている。

ジェラニウムももうだいぶ歳を取った。とんでもない年齢だ、しかしどんどん美しさに磨きをかけ、死ぬまで花を咲かせつづけることだろう。

目が覚めた。祖父がまた金槌で何かを叩いていた。聞いていて、がんがんと叩く音が中庭でひっくり返るのまで分かった。何もかもがいったん転倒しては、また元に戻った。空気までもが騒ぎたて、草の茎もざわめいた。

やっと眠気もすっかりとれた。祖母が隣室でベッドのぬくもりを叩きだしていた。綿毛が舞い上がって彼女の目に入った。

それから祖母は満杯になったおまるを裏庭に運んでいったが、歩くそばからぽたぽた垂れ落ちて、寝室に、居間に、廊下に、中庭に点々と滴の跡を残した。

昼間、おまるは夫婦のベッドの間の丸椅子の下に置かれた。新聞紙で蓋がされているので見えこそしないが、寝室に入ると、臭いですぐにそれと知れた。

毎晩のように隣の部屋から祖母がおまるに用を足す音が聞こえた。放尿の音が一様ではなく、ちょっとした中断が何度も入ると、いままたがっているのは祖父だと見当がついた。祖母は毎夜二時半に目を覚まし、フェルトのスリッパを履いて、おまるにまたがるのだった。そして二時半に目を覚まさなければ、もう朝まで目覚めることはなかった、そうすると私は、祖母が深い不健康な眠りに陥って、この後三日はベッドに臥《ふ》せるだろうと分かるのだった。

そうなると祖母はどこもなんともないと言うかと思うと、どこもかしこもが痛いと言いだすのだった。眠りから覚めかかったかに見えて、また深い眠りに陥った。四日目には早めにベッドから出て、いつもと変わらぬ家事に復帰し、鍋をがちゃがちゃ言わせるうちに午後も遅くなり、雑巾がけ、掃き掃除、食器洗いをこなし、さらに畑で雑草を抜いていると、いつの間にか夕闇が降りてくるのだった。

祖母は村一番の美しい罌粟の花を育てていた。垣根よりも高く生長して、重たげな白い花をいっぱいに咲かせるのだった。風が吹くと、長い茎がぶつかり合って、花びらが震えだしたが、しかしひとひらたりとも地面に落ちはしなかった。

祖母は白い花びらをいつも目に浮かべて持ち歩いていた。そして、どんなに細い雑草も見逃さずに花壇から引き抜くのだった。

罌粟の頭が、藁のように黄色くしおれてしまうと、祖母は引き出しからいちばん大きなナイフを取りだし、片っ端から頭を刈り取って、大きな柳細工の籠に詰めていった。そんな時の彼女は、料理をすれば、鍋は落とすし、手に持つ皿は割るし、グラスも彼女の目の前で床に落ちて砕け散った、フキンは異様な臭いを放ち、一晩ではもう乾かなくなったし、包丁は刃こぼれを起こした。猫は台所の椅子で欠伸《あくび》をして、ごろごろ喉を鳴らし、くしゃみをした。そのうち祖母は縫い針をいじりながら、ごく幼い頃の罌粟の頭にまつわる思い出話をひとくさり語りはじめるのだった。

今はわたしのベッドの上の額縁に収まっている、おまえのひいおばあさん、あの人にいっぺんに三つ罌粟の頭を喉に流し込こまれたことがあった。たちまち倒れてしもうて、深い眠りに落ちた。父さんも母さんも下男下女もみな野良仕事に出かけ、わたしは眠ったまま家にほったらかしにされた。夕方遅くにみんなが帰ってきても、まだ眠りから覚めとらなんだ。

カラスの糞を食べさせられたこともある。ギプスみたいな味でのう、舌はざらざらするし、鼻にもつーんときた。塊がいつまでもひりひりと舌に残ってしもうて、ついにはカラスみたいに黒い長い眠りに落ちたんじゃ。

弟の泣き虫フランツも、ある日のこと、カラスの糞を口に突っ込まれたんじゃが、その塊は大きすぎた。そうしてあの子はもう二度と目を覚まさんかった。全身が硬直してしもうて、顔には無数の青い斑点が浮かんどった。ただもう寝ることしかしようとせんかったんで、遺体は葬式も伴奏もないまま土に埋められてしもうた。それものう、鉋《かんな》掛けもしとらん、ささくれだらけの板をマーマレードの木箱から外して、にわか作りした棺に入れられてじゃ。

馬番がフランツの遺体を手押し車に載せて、道路の埃を巻き上げながら、がらんとした村を通り抜け、村外れにある墓地まで運んでいった。村の誰も、誰かが死んだとはついぞ気がつかなんだ。家でも誰も気づかなんだ。その頃はまだ子供なんぞいくらでもおったし、部屋にも居間にも暖炉のまえのベンチにも空きなどなかったからのお。冬に外に出るときはばらばらに出かけていきよったし、学校に行くのも交代で行きよったんじゃや、何しろみんなが履けるだけの靴が家には揃っておらなんだからな。この家ではいなくなったからといって寂しがられはせなんだ。一人ぐらいおらんようになっても、いくらでも代わりがおったんじゃ。

今じゃあこの家には子供がたった一人しかおらん、その子は靴を七足も持たせてもらっとる、それだけでもたいしたもんじゃ。家のなかはがらんとしとるが、靴だけはぎょうさんある、いつもぴかぴかに輝いとるし、きれいにしてある、何しろ今どきの子供はもう汚いところを歩いたらいかんのだし、雨が降ったら、腕に抱いて運んでもらえるんじゃもんなあ。

祖母は咳払いひとつして、それからは何時間ももうひと言も話さなくなる。そうして気が向いたら家のなかをうろうろ歩き回り、「女たちの目は小麦の花のように青い。わんわん泣くときは」とか「ワインやるときは」とか歌うのだ。祖母は「わんわん泣くときは」と歌ったかと思うと、次は「ワインやるときは」とやっている。彼女は記憶のなかに罌粟でいっぱいの花壇を何百と持っていて、かつて畑に植わっていた白い花はひとつ残らず、彼女の顔の上でしおれ、地面に落ちていく。そして黒い罌粟の実も、罌粟のせいでもうほとんど歩けないほど重くなった二枚重ねのスカートから、ざーっとこぼれ落ちていく。

母が泣いている。でも泣いてはいても、泣くのと同じだけの量おしゃべりもしていて、それも、普段と同じぐらいの量はしゃべっていられるのだ。だいたいがすすり泣きの涙にしてからが、コップの水を使った嘘泣きでしかなく、それを袖を使って大げさに拭きとるのだ。

父はまた酔っぱらっている。テレビのスイッチを入れ、何も映らない画面を見ている。ただ内側から画面がちらちらするばかり、ちらちらするなかから音楽が聞こえてくる。父の顔には画面同様に何の表情も浮かばない、母がテレビを消して、と言うと、父はただ音量を下げるばかりで、画面はいつまでもちらつかせたままにする。それから古い歌をがなりたてる。「三人の戦友たち、みな人生の戦いに向かっていった」という軍歌だ。

「向かっていった」のところで父は声を張り上げ、窓の外を指さす。道路の敷石はガチョウの糞だらけだ。みんなどこにいるんだ、この大きな、広大な世界のいったいどこに。父の声が柔らかくなる。その声を風が追い払う。なぜなら誰ひとり、誰ひとりとして、彼らの味方になる者はいないのだから。村の風が草の茎とガチョウの糞の上を震えるように吹き抜ける。父の顔、目、口、そして耳は、他の何も寄せつけず、ただ彼自身の嗄《しゃが》れた歌にのみ満たされている。そんな父はとことん悲しい生き物だ。

台所には湯気がもうもうと立ちこめている。ニンジン鍋から昇るカビくさい煙が天井に当たって滞り、私たちの顔まで飲み込んいく。

もうもうたる湯気のなかに首を突っ込んでいると、そのあまりの重さに頭のてっぺんがへこみそうになる。自分の孤独から、自分自身から目を背けたくなり、他の人たちばかりか自分そのものに耐えられなくなる。そして傍らの他の人たちにしても、こちらのことが我慢できなくなる。

父が歌い、歌いながら顔をテーブルにぶつけている。こんちくしょう、私たちは幸せな家族、こんちくしょう、幸せがニンジン鍋のなかで湯気を上げている、こんちくしょう、湯気が私たちの頭を噛み切っている、幸福が私たちの頭を噛み切っている、こんちくしょう、幸福に私たちの人生が食いちらかされるんだ。

私の顔は祖母のぱっくり穴の開いたフェルトのスリッパのなかに逃げ込む。そこなら危険にさらされずにいられる、そこは暗くて、大きな黒いものに包み守られるから、もういちいち息を吸う必要もない。そこでなら息が詰まったって、自分自身に息を詰まらせたっていいんだ。母は泣いては話し、話しては泣く。泣きながら話し、話しながら泣いているのだ。

父の歌と母の話が混じり合う。二人とも、孤独だと言いたいときには、「ひとりきり」という言葉を使う。この二人も、村のみんなも「孤独」という言葉を知らず、だから自分たちが何者であるか、分からずにいるのだ。

母は泣きながら言葉を連ねて長々とした文章にしていき、それはいっこうに途切れる気配がない。その話が私に何の関係もなければ、いい話だろうに。けれどもそれには例によっていつも重たい言葉が含まれているのだ。父がまた歌いはじめ、歌いながら引き出しからナイフを取りだす、いちばん大きなナイフだ。私は彼の目が恐ろしくてたまらない。こちらが何か考えようとしても、それはすぐに父のナイフでずたずたに切り裂かれてしまいそうだ。

母が急におしゃべりをやめたかと思うと、父がナイフを突きつけて脅かしているのだった。父は歌いながらナイフで脅かす、すると母は喉を詰まらせて、ただ小さな嗚咽《おえつ》をあげるばかりになる。

　それから母は、すでに用意の整った食卓にもう一枚白い大皿を置き、皿の縁にかちんと当たる音も聞こえないほど、慎重にスプーンを添える。

　私たちがテーブルに着く前に、あるいは食事のさなかに、テーブルが耐えきれなくなって膝をつきはしないか、そしてひっくり返りはしないか、と私は気が気でない。

　祖父が裏庭から戻ってきて、靴には泥や葉っぱをくっつけている。上着のポケットのなかからは釘がかちゃかちゃと鳴る音がする。

　祖父の服のポケットはどれも釘だらけになっている、晴れ着のポケットにさえ釘があふれている。寝間着にまで釘を見つけた母がかんかんに怒りだして、家中に響くくらい声を張り上げて祖父を怒鳴りつけたこともあった。

　家の隅という隅には金槌と釘の入った大箱や小箱が置いてある。祖父が金槌を使うと、二つの音が同時に聞こえる、一つは鎚の音、もう一つは村から跳ね返ってくる谺《こだま》の音だ。石のように堅い地面をした中庭もいっせいに反響する。するとカミツレの花からは小さな白い歯が抜け落ちる。中庭は私の足先をどんどん突き上げてくる、それどころか足裏全体にひどく荷重をかけてくる。そして歩くたびにこちらの膝に響くほどがんがん殴りつけてくる。中庭は発育しすぎて固く大きく乱暴になってしまったのだ。

　祖父は金槌と釘の話をするのが大好きで、人を話題にするときも、あの連中は頭が固くて釘も歯が立たぬわい、などと言うのだ。

祖父の釘は新しく尖っていてぴかぴかに輝いている。金槌の方は不格好で重たく錆びついていて、柄もいささか太すぎる。

村が垣根と塀でできた巨大な箱になってしまうことがままある。その箱めがけて祖父は釘を打ちつけるのだ。

表を歩くと、鎚音が聞こえてきて、いつまでも鳴り止まない。垣根から垣根へと音が次々につながれていく。そのうち訳《わけ》が分からなくなって、その垣根の間をあちこちうろうろさせられる。そして空気が震え、草むらが震え、まだ青いスモモまでが木々に吐息を吹きかける。夏も盛りだ。母にはまだあくせく働くための手があり、祖母には罌粟があって、なんとかまだ家のなかを動き回ることもできる、祖父は牝牛の世話ができるし釘だってある、父にはまだ昨日の酔いが残り、今日は今日でまた酒をあおっていられる。

そしてヴェンデルは相変わらず話すことを覚えないままで、土埃と石ころだらけの道路に投げ飛ばされ、水たまりや泥のくさった臭いがする溝に突き落とされ、小学校の児童たちにチョークで落書きされ、そのチョークの線がいっぱいに付いた背中を人目にさらしながら、道路を歩かねばならず、顔にはインクのシミが付けられ、泣きだすまでは家に帰らせてもらえない。彼の顔が不安に歪みきるまで、首筋が毛虫やミミズやアブラムシだらけになるまで、みな手出しをやめはしないのだ。

ヴェンデルは、まわりに誰もいなければ、すらすらと話すことができる。ときどき裏庭で彼の話す声がする。私たちはお隣同士なのだ。同じ垣根を挟んで、彼は自分の敷地に、私は私の敷地に腰を下ろしている。私は、食べると馬鹿になると言われるゼニアオイの実を食べるし、ヴェンデルは緑の杏を食べて、そのせいでときどきひどい熱を出す。熱が引くと、彼はまた緑の杏を食べて、自分を相手に話をはじめるのだ。

敷地を仕切る垣根は私のものなのか、それともヴェンデルのものなのか、と母に尋ねてみたことがある。私のものだという返事を期待していた。ヴェンデルが垣根にもたれていたら、いつでも追い払えるようになりたかった。しかし母は、垣根は私とヴェンデルのものだと言った、だから私は垣根の向こう側を呪って、あっちではゼニアオイの花が一つも咲かなければいいのに、と思った。あちら側には、ざらざらして硬い草しか生えなきゃいいのに、と願った。

町の医者たちは、ヴェンデルがどもるのは不安のせいだと言う。不安は彼のなかにしっかりと巣くってしまい、もう取り除けなくなった。ヴェンデルは不安を追い払えないでいる。それに新しい不安がいつも加わる。ヴェンデルはいつどこにいても不安になる。村には不安を抱えた者がたくさんいる。家の建っているところ、母と父と祖母と祖父と子供と家畜がひとかたまりになっているところには、つねに不安もひそんでいるのだ。

私もときどき不安を覚える。でもそれは不安に対する不安で、不安そのものじゃない。

ヴェンデルは自分の敷地側で垣根にもたれかかって座り、緑の杏を食べている。相手がどうせどもると知りながら、私から声をかける。

　すると彼は垣根を乗り越えてやってくるが、その手から緑の杏が地面に転がり落ちる。ヴェンデルは杏がなくなりはしないかと心配でびくびくしている。そして今は二人してうちの中庭の脱穀場にいる。一緒にままごとをするのだ。私は二つの緑の毛糸玉をブラウスの下に入れ、ヴェンデルは緑の毛糸で作った口髭を顔に貼りつける。

　準備が整っていよいよ本番だ。私は彼を罵りまくる。酔っぱらってばかりいるからだし、家に金を入れないからだし、牝牛にやる餌がないからだ、私はヴェンデルをうすのろ、不潔な豚、浮浪者、アル中、ごくつぶし、役立たず、変態、父《てて》なし子などと呼ぶ。そんなふうにして遊びはつづく。やっていて楽しく、遊びがいがある。ヴェンデルはじっと座ったまま黙り込んでいる。

　ヴェンデルが空き缶で手を切った。血がいっぱい草の上に流れる。私は、何て馬鹿なの、とだけ言って、傷には注意を払いもしない。ほんとにあんたってドジだわ、と言うばかり。

　砂場で料理をしては、人形の着せ替えをし、砂ケーキと草の花スープを食べさせる。

　ヴェンデルの振る舞いを見れば、すぐにも逃げだしかねないようにも見えるが、しかし彼は根が生えた丸太みたいになって私の前につったったままだ。ヴェンデルはそれほど静かで覇気のかけらもない。身を守ろうともしないし、動こうともしない。自分のことが好きじゃないんだ。ヴェンデルは思っていることとやることが一致しない、いつも自分自身の思いとは逆をやってしまうのだ。だから彼は私のことをいつでも我慢できる。私は砂ケーキを一か所に投げつけ、靴で踏みつぶす。草の花スープは壁に飛んでいって、地面にぶちまけられる。私は裸の人形と一緒に家に駆け戻り、台所のドアのまえで乳房をなくしてしまう。

ヴェンデルは脱穀場に一人残って、脱穀場に置かれた切り株みたいに静かにじっとしている。ヴェンデルなんかとはもう絶対に遊ばない、と私は自分に言い聞かせる。しかしこの「もう絶対に」は一日しかつづかない。

それから、まだ花のなかに半分隠れている最初の緑の杏を餌にして、ヴェンデルをこちらに誘う。ヴェンデルはまんまとやってくる。

また私たちはままごと遊びをはじめる。

祖母の呼ぶ声がする、これで三度目だ。それからとうとう本人がこちらにやって来る。ビンタされて私は昼寝に追いやられる。彼女は怒りが収まると、おまえが大きく元気になるためなんやで、と言うのだった。私が大きく強くなったら、彼女は誰を殴るつもりだろう。手荒れのひどい祖母の手から身を守ることのできないような者が残っているだろうか。

私は昼寝が大嫌い。憎悪を抱いてベッドに臥せる、祖母が部屋を暗くし、部屋のドア、居間のドア、入り口のドアというふうに、ドアを順番に閉めていく。二時間もこの暗闇から出られない。眠りにつくのが怖くてしかたない。祖母は私を魔法にかけようとしているんだ。眠っている限り、死んだも同然になってしまうその罌粟のような深い眠りに、私は必死になって抵抗する。しかし眠りは部屋のなかを泳ぎ回っていて、早くも私の肌に手を触れてくる。あたりが耐えられないくらいに深く沈んでいく。見上げれば部屋の天井がさかんに泡立っている。鳥の群れが水面をさかんに引き裂いているのだ。彼らの嘴は途方もない餓えにすっかり乗っ取られてしまっている。やがて私に襲いかかり肌をついばんで傷だらけにし、そのうえ、おまえは臆病者で中身がないんだ、と叫ぶことだろう。そうして私は感情もなくし不安もなくして目覚めることだろう。

この眠りが黴《かび》の胞子で私の顔を包んでくる。重ねた祖母のスカートのように、罌粟と死の臭いが広がる。これは祖母の眠り、祖母の毒薬なのだ。まさに死そのものにほかならない。

眠りに向かって、私はまだ小さい子供なのよと言う。これまで死にたいと思ったこともよくあったが、いつもうまくいかなかった。今は夏の盛り、鳥の群れが水面をさかんに引き裂いている。今はもう死にたくない、自分に慣れてしまったし、自分を失うわけにはいかないから。上掛けを跳ね上げる。どっと冷気が押し寄せる。ベッドはとても広くて大きくて、とても白くて殺風景で、自分がまるで見渡す限りの雪原にでもいるかのように、寒さの厳しい夜のただなかで、今まさに凍え死ぬ寸前であるかのようだ。

庭木戸がぎぃーっと鳴り、廊下の扉がぎぃーっと軋み、居間のドアがきぃーっと鳴ったかと思うと、部屋のドアがタンスにばたんとぶつかる。気がつくと祖母が部屋のなかに立っている。彼女はブラインドを騒々しく巻き上げる。外は明るい昼のさなか。観音開きの窓の翼からは夏の日差しに煽られて、羽根が次々と湯気のように立ち上る。

ヴェンデルは脱穀場に座り、口髭をつけて、二つの毛糸玉を私に差しだす。私は黙ってワンピースの下にそれを入れる。またままごと遊びだ。でも途中までしかやれない。日が暮れてきた。遊びの続きは母と父がやってくれるだろう。

道路の先に太陽が沈んでいく、夜という大きな袋、出口を縫い合わされた袋が村に覆いかぶさってくる。

黒い部屋の消されていた灯りに火がともされる。

不安もやってきて、それがある限りは、私の身に何かが起きることはないだろう。そう自分に言い聞かせはするものの、自分でもそんなことを本気で信じているわけではない。

それは不安自体ではない、それは不安に対する不安、不安の忘却に対する不安、不安の不安に対する不安なのだ。

ブラインドが継ぎ目でばきっと鳴る。雨樋《あまどい》を砂がざあっと流れ落ちる。私の頭のあちこちを眠りの砂山が漂流していく。庭木戸が軋み、畑の苗床を風が一晩中ずっと吹き抜けていく。驚くほどたくさんの木がこの村には植わっているが、その無数の木がいっせいに私の顔のなかでざわめく。

ベッドは牝牛の腹のよう、ともかく暑くて暗い。壁の釘に祖父のズボン吊りが掛かっていて、中味のないズボンが部屋をほっつき歩く。腕を伸ばせば、手が届きそうだ。そのズボンのポケットにも釘が入っているかもしれない。

母たちが眠り、父たちが眠り、祖母たちが眠り、祖父たちが眠り、子供たちが眠り、家畜たちが眠っている。

村は一個の木箱となってここに捨て置かれているのだ。

母は泣かなくなり、父は飲まなくなり、祖父は金槌を振るわなくなり、祖母は罌粟を持ち歩かなくなり、ヴェンデルはどもらなくなる。

誰もが明日のために休息を取っていて、明日になればまたいつもと同じ存在に戻る。

夜は魔物ではない。そのなかには風と眠りがいるばかりで、他に何がいるわけでもない。

隣の部屋でおしっこがおまるにしゃーっと注がれるのが聞こえる。おまるにまたがっているのは祖父だ。時刻は五時になったところ。

祖母は二時半に目を覚まさなかった。彼女は不健康な眠りに落ちたのだ。

もうずいぶんなかったことだ。

ある朝、気がついたら彼女が死んでいる、そんなことがいつ起こってもおかしくない。

この晩には、村を載せた丘が、谷よりも低いところに沈んでしまって、冷たい地下水がゆっくりと道路にあふれ出すような気がしてならなかった。

大気中には、いつも誰にも見えないところに姿を消してから死んでいく小動物の死骸の臭いが何千匹分もこもっていて、鼻が曲がりそうだ。

沼が浅くなり、カエルの背中が干上がっていく。やがて日光の熱がカエルの腹まで忍び込み、もう干からびた硬い皮しか残らなくなる。

干からびたカエルの皮はあたりの農家の中庭のあちこちに転がっている。こんなふうに死んではじめて、カエルも家の住人だったのだと、カエルだって階段を跳ねて、屋根裏や黒い煙突にまで上っていけるのだと、思い知らされるのだ。

我が家には煙突が二本ついていて、どちらもカエルだらけだ。一方の煙突は赤く、もう一方は黒い。

赤い煙突は、住む者のない部屋が並んだ上にそびえている。この煙突から煙がもくもくと上がったことは一度もない。

赤い煙突にはたくさんフクロウが住みついている。毎年、母は煙突税を払わねばならない。毎年の支払い額を合わせれば、相当な大金になるはずやわ、と母が言う、しかも一本はフクロウに譲ってあげたようなものなのに。

先週、フクロウがひどく騒ぎ立てたことがあった。屋根瓦の上で騒ぐ声が一晩中していた。フクロウの声には二種類ある、高い声と低い声だ。しかしその高い声もとても低くなり、低い声はもっと低くなっていた。

それぞれ雄と雌に違いない。れっきとした言葉のやりとりをしている。

私は二度か三度、中庭に出ていった、フクロウの目のほかには何も見えなかった。屋根の上一面にフクロウの目が集まっていた。その目はぎらぎらと光り、おかげで中庭一帯が明るく、氷のようにほのかに光り輝いていた。月明かりはなかった。そしてその夜に、お隣の老人が死んだ。その日の夕飯はまだしっかりと食べていたというのに、あっけなく死んだのだ。病気だったわけでもなかった。奥さんが朝になって私を起こしに来て、あの人は眠りを喉に詰まらせて死んだんよ、と言った。私はすぐさまフクロウの大群のことを思いだした。

我が家とお隣の間にはラズベリーでいっぱいの畑がある。果実は熟れきっていて、摘むと指が血まみれになる。二、三年まえにはラズベリーなど生えなかった、お隣の主人が自分の畑に二、三株もっているばかりだった。今ではそれが我が家の畑に渡ってきて、お隣にはもう蔓一本残っていない。ラズベリーは移動していくのだ。あるときお隣の主人が、自分も植えた覚えはない、勝手に他人の畑から渡ってきたんや、と教えてくれた。二、三年もすれば一株も残らず、また別のところに移動していくやろう。今のうちに飽きるほど食べとき、村は小さく、ラズベリーは村の外へと簡単に出て行ってしまうんやから。

昨日が葬式だった。亡くなった老人は息子がほんの数か月まえに山から連れてきたのだった。家が倒壊してしまったからだ。小川が氾濫して家がなぎ倒されたのだ。山の生活の方がよほど健康的だ。彼は頭巾を持ってきた。縁なし帽でも、つばのある帽子でもなかった。こんな頭巾を被っているのはこの村ぐらいだ。彼は、この頭巾を被って墓に入りたい、と言っていた。でも冗談でそう言っただけで、本当は死にたいわけじゃなかった。それに病気でもなかったのだ。

今みんなが頭巾を死者の頭の上に載せた。どうしても棺の蓋が閉まらず、仕方なく金槌で叩かねばならなかった。

私の脚と一緒に母の脚が同じ上掛けのなかに入っている。静脈瘤だらけの裸の脚を思い浮かべてみた。無数の脚が荒れ野に並べられていた。

戦争で倒れるのは普通は男だった。でも、服を乱し、擦り傷だらけの脚になった女ばかりが戦場に倒れているのが見えた。母が裸で凍えながらロシアの荒れ野に倒れているのが見えた。脚は擦り傷だらけだし、唇は、家畜しか食べないようなニンジンばかり食べさせられた結果、血の気が失せ、すっかり緑に変色していた。

母がひもじさのあまり透きとおっていくのが、過労で気を失った少女のように、ひどくやつれて皺くちゃになっていくのが見えた。

母は眠り込んだ。彼女が目を覚ましているときには、呼吸する音を聞いたことなど一度もなかった。でも眠っていると、母は、今でもシベリアの寒風を喉に浴びているかのように、喉をぜえぜえさせたし、私にしても、彼女の傍らにいると、おぞましい夢に凍え死にそうになるのだった。

外では沼の水かさが増していた。村には月が出ていなかった、水面は盲いたように凝固しきっていた。

カエルが、私の死んだ父の黒い肺から、喉をぜえぜえ鳴らす祖父のこわばった気管から、狂った祖母の硬化した血管から、ゲロゲロと鳴いた。カエルはこの村の生きとし生けるもの、死に絶えたもののなかからゲロゲロと鳴き声をあげた。

誰もが入植のときにカエルを一匹連れてきた。彼らがここで生活するようになってから、彼らは自分たちがドイツ人であることを褒めそやすばかりで、自分たちのカエルについては口を閉ざしてきた、そしてそれについて語ることを拒絶しておけば、そのものも存在しなくなる、と思い込んでいるのだ。村はどこで終わってもおかしくない。でもその本当の終わりは墓地だ。

それから眠りがやってきた。私は大きなインク壺のなかにはまりこんだ。黒い森のなかはこのぐらい暗いにちがいなかった。外では彼らのドイツのカエルがゲロゲロ鳴いていた。

母はロシアからも一匹のカエルを持ち帰った。

母のドイツのカエルの鳴き声が聞こえ、私の眠りの奥の奥まで迫ってくるのだった。

熟れすぎた梨の実

目に鮮やかな緑に萌える庭。その水気たっぷりの影を追うようにして垣根が泳ぎだす。遮る物なく輝く窓ガラスも家から家へと流れてゆく。教会塔がくるくる回り、英霊を祀る十字架もくるくる回る。英霊たちの名前はどこまでもつづき、先に行くにつれてぼやけていく。ケーテは名前を下から上へと読んでいく。「下から三番目がうちのおじいちゃんよ」。そして教会の前では律儀に十字を切っている。水車小屋の手前の池が陽を浴びて輝く。水のレンズは緑の眼《まなこ》。「いい草の山には大蛇が住みついてるらしいわよ」とケーテが言う。「夜回りが見たらしいわ。大蛇は昼間は魚やアヒルを食べる。夜には水車小屋まで這っていき、フスマや小麦粉を漁るんだって。食べ残した小麦は蛇の涎《よだれ》でべとべとで、そんな小麦は粉屋も池にぶちまけてしまうしかないわ、毒があるんだもの」。

這いつくばるようにつづく畑。上空の雲のなかでは畑が逆立ちしている。ヒマワリの根が雲をがんじがらめにしている。父の手がハンドルを切る。トマトの箱が積み上げられた向こうの小さな窓のなかに父の後頭部が見える。車はスピードを上げていく。村が青のなかに沈み込む。

もう教会塔も見えなくなった。父のズボンの脚に叔母の太ももがぴったりと寄り添っている。

道ばたを家並みが流れすぎていく。ここまで来ると、もううちの村じゃない、なぜって私が住んではいないんだから。小さな男たちがズボンの脚の輪郭をぼやけさせながら道路を歩くさまは何とも異様だ。ざわめく細い橋の上では見知らぬ女たちが風にスカートを翻《ひるがえ》させている。大きな並木の下には、痩せこけた子供たちがズボンもはかずに太ももまで剥き出しにして、ばらばらに立っている。彼らの手にはリンゴが握られている。でもほおばる子は一人もいない。そして、さかんに手を振ってくる。何も入っていない口で呼びかけてくる。ケーテは短く合図を返すと、もうそちらには目もくれない。私はずっと手を振りつづける。痩せこけた太ももから目を離さないでいるが、ついにはそれもぼやけて消えていき、ただ大きな並木のほかには何も見えなくなる。

丘にはさまれるようにして平地が見える。どちらの丘も私たちの村の空に支えてもらっている。おかげで丘が雲間から平地の上に落ちかかってくることはない。「もうだいぶ来たね」と言って、ケーテは太陽に向かって欠伸《あくび》をする。父が火のついた煙草を窓から投げ捨てる。その父に向かって叔母が手を動かしながら何か話しかけている。

垣根の間にはまだ小さくて青いスモモ。荒れ野には牝牛の群れがいて、草を食《は》みながら車輪の巻き上げる埃を眺めている。土埃が荒れ野から剥きだしの石ころの上、根や樹皮の上へと這い上がっていく。「これこそ山地ってものだわ、路傍の石がどれも立派な岩なんだからね」とケーテが言う。

トラックの車輪が起こす風を受けて道ばたの低木がなびく。その根では水がざわめいているのだろう。シダが水を飲み、レース飾りみたいな葉を振るわせる。車が走っているのは灰色の細い道だ。「こういうの、つづら折りって言うのよ」とケーテ。道がこんがらがった糸玉のようになる。「私たちの村は下の山の間にあるのよね」と私が言う。ケーテが笑いだす。「山って言えるのはこの山脈のなかみたいなところだけよ、村があるのはあっちの平地のなかじゃないの」。

白い石の里程標が私に視線を送ってくる。父の横顔がハンドルの上に見える。その父の耳に叔母が手を伸ばしている。

枝から枝へと小鳥が飛び跳ねては、やがて森のなかに消えていく。小刻みにさえずる声が聞こえる。枝をつかみ損ねれば、高く飛び上がり足を腹に引き寄せたまま黙り込んでしまう。さすがのケーテもこの鳥の名前までは知らない。

ケーテはキュウリの箱から、とげとげのある小さなキュウリを選びだす。口を尖らせて噛み砕き、皮は吐き捨てる。

太陽がいちばん高い山の背後に沈んでいく。稜線がぐらつき出したかと思うと、たちまちにして光も飲み込まれてしまう。「うちの村では太陽は墓地の後ろにゆっくりと沈むものなのに」と私が言う。ケーテは大きなトマトを頬張って、「山脈ではうちよりも早くに夜になるのよ」

と言う。そして、ほっそりとした白い手を私の膝の上に載せてくる。トラックがケーテの手と私の皮膚の間でぶうんと唸りをあげる。「それじゃあ、山脈ではうちより冬が来るのも早いんでしょうね」と私が答える。

トラックは森沿いの道を緑色のライトをつけて、くんくんと匂いをかぎまわるように走りぬける。シダがレース飾りみたいな葉を暗がりに振りまく。叔母は窓ガラスに頬を寄せてうとうとしている。父の煙草がハンドルの上で赤く燃えている。

夜が車の積み荷の箱を食べはじめ、箱のなかの野菜にも手をつけていく。トマトは山のなかではうちでよりも匂いが強い。ケーテは腕も顔もなくした。彼女の手だけがあたたかく私の冷たい膝の上を撫で回す。ケーテの声は私の隣に座っていて、遠くのことを話している。この夜のあいだに口を奪い取られてはかなわないので、私は黙り込み唇を固く結ぶことにする。

がくんと車が止まる。父が緑色のライトを消す。車から降りて、「着いたぞ」と声をかけてくる。車は外灯に照らされた横長の家の前に止まっている。家の屋根は森と同じくらい真っ黒だ。叔母が車のドアをばたんと閉めて、父の手にパジャマを押しつける。そして人差し指を曲げて屋根の上の暗闇を指さしながら、「村はこの上にあるのよ」と言う。私はその人差し指の後を追い、月を見上げる。

「ここは水車小屋なの」とケーテが言う。父はパジャマを腕の下にしっかり抱えて、叔母に鍵を渡す。その叔母が玄関の緑色のドアを開ける。ケーテがつづける。「おばあさんは上の村の妹さんのところに厄介になっているのよ」。

叔母は黒いドアを進んでいく。「あの先が叔母さんの部屋だ」と父が言う。父は狭い木の階段を上った先の部屋に入ると落とし戸をおろす。ケーテと私は居間に残り、白いレースのカーテンの掛かった小さな黒い窓の下に置かれた狭いベッドに二人して潜り込む。壁越しに水の流れるような音が聞こえる。ケーテが「小川のせせらぎだよ」と言う。

ケーテの髪が私の耳のなかでかさこそ鳴る。小さな黒い窓の外には月が掛かり、黒い雲の口をつけている。そちらが村の方角だ。

ケーテの太ももは私の太ももよりも低い位置にある。ケーテの頭は私の頭よりも高い位置にある。ケーテのお腹がむんむんとして熱い。痩せて背の低い私の体の下で藁布団がかさかさ鳴る。黒いドアの向こうでベッドがかさかさ鳴る。落とし戸の向こうでは家全体がかさかさ鳴っている。

ケーテのむんむんとしたお腹から熟れすぎた梨の実の匂いが立ち上る。眠りながら、ケーテの息はなにやら囁いている。白いレースのカーテンのなかでは、濡れそぼった花が茎を伸ばし、とぐろを巻くように葉を丸めながら咲き乱れている。

ぎしぎしと鳴る音が階段を下りてくる。私はちょっと頭をもたげて、すぐまた下ろした。その軋みにつづいて父が降りてくる。裸足になっている。大きな手で黒いドアをいじくる。ドアは音も立てずに開く。父の足の指がぽきっと鳴り、黒いドアの錠が音もなく彼の背後で下ろされる。叔母がくすくす笑って、「なんて冷たい足をしているの」と言う。父は舌なめずりして、「ネズミと干し草ばかりなんだから」と言う。ベッドがみしみしいう。枕が大きく息をつく。長い抜き差しで上掛けがひっくり返る。叔母があえぐ。父がうめく。短い抜き差しでベッドが木枠をがたがた鳴らす。

家の裏では小川が何やらぶつぶつつぶやいている。小石が押し寄せ、石がのしかかる。ケーテは眠りながら手をぴくつかせる。叔母がくすくす笑い、父が囁く声がする。黒い窓の外では円い形の木の葉がぱたぱた揺れている。

黒いドアの錠がまたがちゃんと鳴る。踵をなくした父が裸足のまま狭い木の階段を上っていく。シャツの前がはだけている。歩くそばから熟れすぎた梨の実の匂いが漂ってくる。落とし戸がぎいっと鳴って、ゆっくりと下に落ちる。ケーテが寝返りを打って顔を横に向ける。

小川のうわごとが私の眉間からじかに聞こえてくる。ふしだらなことをした、ふしだらなことを見た、ふしだらなことを聞いた、ふしだらなことを読んだ。私は手を上掛けの下に潜らせる。指で太ももにつづら折りを描く。膝が私たちの村だ。ケーテが眠ったままお腹をぴくりと動かす。

カーテンで咲き乱れていた花の白い茎はいつの間にか折れてしまっている。黒い窓にうっすらと灰色の亀裂が入りはじめる。雲には無数の赤い総飾りができていく。樅《もみ》の針葉も先端が緑に輝き出す。

叔母が荒《すさ》みきった、ひどいご面相で黒いドア枠に立っている。彼女のパジャマの胸元では二個のメロンがいつまでも震えている。叔母が赤い雲と風について何か言う。ケーテは赤い口を大きく開けて欠伸をし、小さな窓に届くほど両腕をいっぱいに伸ばす。落とし戸がぎいっと鳴る。父が前屈みになって狭い階段を下りてくる。無精髭が伸びた顔をして、「よく眠れたか」と言う。「ええ、まあ」と私は応じる。ケーテも肯《うなず》いている。叔母はブラウスのボタンをしめる。でもメロンの間のボタンが小さすぎて、ボタン穴からすぐまた滑り出てしまう。叔母は父の顔をじっと見て、風と赤い雲についてさっき言っていたことを繰り返す。父は木の階段にもたれて頭に櫛《くし》を当てている。何かの巣のような黒髪の塊が脂でべとべとの櫛から階段脇に落ちる。「二時になったら迎えに来るからな」と父は言う。叔母が笑いながら緑のドアを見て、「ケーテがすべて承知しているわよ」と言う。

トラックがぶるんぶるんと唸る。父の隣には叔母が乗っている。彼女も同じ脂でべとべとになった櫛で髪を梳《と》かしている。耳の後ろにあんなに白髪があったんだ。

私は横長の赤い屋根を眺めやる。「村はあの上よ」とケーテが言う。「大きい村なの」と私は尋ねる。「小さくてどうしようもない村よ」とケーテ。

私は草むらに寝そべる。ケーテは川べりの石に座っている。太ももの間に、熟れすぎた梨の実のせいで黄色いシミが付いてしまった青いパンティが見える。彼女は慌てて太ももの間にスカートを押し込む。それから棒で小川の水を鞭打っては縁石の下に送り込みはじめる。私は水のなかに目をやり、「あんたはもう大人の女になったのね」と尋ねる。ケーテは小石を水中に投げ入れ、「男がいなくっちゃ女とは言えないわ」と答える。「じゃあ、あんたの母さんはどうなの」と私は応じる。そして口に含んだ梨の葉を噛みくだく。ケーテはフランス菊を引きちぎりながら、「愛してる、愛してない」と独りごちる。そうやって白い花びらをもがれた菊の黄色い頭を水に投げすてる。「母さんには子供がいるもの」と彼女が言う。「男がいなけりゃ、子供もできるわけないじゃない」。「それじゃあ、その男はどこにいるっていうの」と私が聞き返す。ケーテは「愛してる、死んだ、愛してない」と言いながら、今度はシダの葉をむしり取りはじめる。「私の言うことが信じられないなら、あんたの母さんにじかに尋ねてみたらいいわ」。私も菊の花をむしる。そうして、「でもエリばあさんには子供がいないじゃない」とやり返す。「あの女《ひと》には男がいたことないんだもの」とケーテが言う。そして茶色い斑《まだら》のあるカエルを石でたたきつぶす。「エリなんか行かず後家じゃないの」とケーテが言う。「赤毛は遺伝すんのよ」。私は水面を見る。そして、「エリの鶏も赤い頭をしているし、ウサギも赤い目をしているわ」と言う。菊のなかにいた小さな黒い毛虫が私の手に這い上がってきた。「エリは毎晩、庭に出て何か歌っているわ」と私はつづける。ケーテは切り株の上に立ち上がって、「飲んでるから歌ってばかりいんのよ」と声を荒げる。「女は結婚しなくちゃいけないわ、そしたら酒なんか飲まずにすむんだから」。「それは男にしても同じじゃないの」と私が応じる。「男はね男だから飲むのよ」とケーテが言い、草の生える地面の上にぴょんと飛び降りる。「男はね、女がいなくたって、男なのよ」。「それなら、あんたの花婿はどうなのよ」と私が尋ねる。「みんなが飲むんだから、あの人も飲むに決まってるわ」とケーテが言う。「それで、あんたはどうすんの」と私が尋ねる。ケーテは目を剥く。「結婚するに決まってるじゃない」とケーテは言う。石を水面に投げ込んでから、「私はね、飲んだくれにもならないし結婚もしないわ」と私は言う。ケーテが笑い声を上げる。「今はね、だけどそのうちするに決まっているわよ、今はまだ小さすぎるけどね」。「私にその気がなければどうなるのよ」と私は言う。ケーテは地面の野いちごを摘む。そして、「大きくなったら、きっとしたくなるわよ」と言う。

ケーテは草むらに寝そべり、野いちごを食べる。それが歯の間に赤い砂のようにくっつく。彼女の太ももは長くて青白い。ケーテのパンティのシミは水に濡れたせいで濃い茶色に変わっている。ケーテは食べたいちごのへたを放り投げてから節をつけて歌いはじめる。「どうか私が誰よりも好きな人、私を幸せにしてくれる人を連れてきてくださいな」。赤くなった彼女の舌はくるくる回り、白い糸に操られた人形のように口のなかに浮かんでいる。「それってエリが晩になると庭でわめいている歌じゃないの」と私は言う。ケーテが口を閉じる。「その続きはどうなるの」と私が尋ねる。ケーテは草むらに膝をついたまま誰かに合図を送る。振り返るとトラックが横長の屋根のなかから走り出てくる。車の上では空き箱ががたがた音を立てている。

父がトラックから降りてきて、緑色の玄関の鍵を締める。運転席の横には叔母が座り、札束を数えている。ケーテと私も乗り込む。車がぶうんと唸る。ケーテは私の隣にあるキュウリの空き箱に腰かける。

車がスピードを上げる。森がどんなに深いかが分かる。名も知れぬ小鳥の群れが道を横切るように飛んでいく。枝の影がケーテの顔にぎざぎざのシミを浮かびあがらせる。ケーテの唇の輪郭までが黒っぽく鋭くなる。睫毛《まつげ》も樅の針葉のように尖って濃く茂りはじめる。

通りかかる村には外を歩く男も女もいない。もう大きな並木の下にも裸の子供たちの姿は見当たらない。しなびた果物が大きな木の間に落ちているばかり。ただ毛むくじゃらの犬だけが車輪を追って吠えたててくる。

丘が尽きて一面の畑が姿を見せる。平地は丘の黒い腹のなかに包み込まれている。風が止んだ。「もうじきに家に着くわよ」とケーテが言う。そして垂れ下がるアカシアの小枝を引き抜く。白い手で軸から葉をむしり取っていくが、その顔がだんだん見えなくなる。声だけが小さく聞こえる。「愛してる、愛してない」。そうやって葉がすっかりなくなった軸を口に含んで噛みくだく音がする。

畑の向こうに灰色の教会塔が立っている。「村の教会が見えてきたわ」とケーテが言う。村そのものは低く闇のなかに沈み、静まりかえっている。イエスが村の入り口の十字架に掛かっていて、頭《こうべ》を垂れ、手のひらをこちらに見せている。足の指は干からびて長い。ケーテが十字を切る。

池の面には何も映らず、ただ黒く輝くばかりだ。大蛇は水車小屋でフスマと小麦粉を貪っていることだろう。村にも人の気配はない。車は教会の前で止まる。教会塔は暗すぎて姿が見えない。ポプラ並木の背後にでこぼこの長い壁がつづくのが見えるばかりだ。

ケーテは叔母と一緒に黒い道を下っていく。その道がどの方角に向かっているのかも見当がつかない。敷石も見えない。私は父の隣に腰を下ろす。シートは叔母の太もものおかげでまだあたたかく、熟れすぎた梨の実の匂いが立ちのぼっている。

父は車を猛スピードで走らせる。手も片方は髪のなかを走らせ、舌も唇の上を走らせる。こんなふうに両手と両足を使って人通りの絶えた村を突っ走る。

暗闇に家の輪郭を奪われた窓の奥で灯がちらつく。父は影だけの門を通り抜けて中庭に車を入れる。そして車体にカバーを掛ける。

母は灯をともしたテーブルに向かっている。踵のないソックスに灰色のウールを編み込んでいるのだ。手からはウールがさあっと滑り出ていく。母は父の上着にまっすぐ視線を向ける。そして微笑む。でもその微笑みには力がなく、唇の端までくると早くも凍りついてしまう。

父は青い紙幣をテーブルに置いて数え上げる。「一万になった」と大きな声で言う。「妹は」と母が尋ねる。父が「もう取り分はとった、八〇〇〇は農業技師が取ることになってる」。「その一万から」と母が尋ねる。父が首を横に振る。母はお金を両手につかむとタンスまで持って行く。

私は自分のベッドに横になる。母が私の上に屈み込み、頬にキスしてくる。彼女の唇は揩みたいにがさがさして、ちっとも柔らかくない。「あっちではどんなふうに寝たの」と彼女が尋ねる。私は目を閉じる。「お父さんが二階の干し草のなか、叔母さんは自分の部屋、ケーテと私は居間よ」と応じる。母が額に軽くキスしてくる。目には冷たい光を宿している。そして振り返ると部屋から出て行く。

時計のチクタクいう音が部屋中に響きわたり、ふしだらなことを聞いたと告げている。私のベッドは平地の浅い川とまばらな林の間に位置している。部屋の壁の向こうでベッドが短い間隔でぎしぎし音を立てる。母があえぐ。父がうめく。この平地には黒いベッドと熟れすぎた梨の実がぎっしりと実っている。

そして睫毛の下に残るのはただ真っ黒な眠りばかりだ。

焼けつくようなタンゴ

ガードルは母のヒップに深く食い込み、締めつけられた下腹の上で胃が圧迫されている。ライトブルーのダマスク織りに淡いチューリップの柄があしらわれたガードルで、白いゴムの突起が二つ、それに錆ひとつないぴかぴかの留め金が二個ついている。

次に母は黒い絹のストッキングをテーブルの上に載せる。ストッキングは太くて透明なふくらはぎをしている。そこの素材は黒いガラスなのだ。ストッキングには、円い不透明な踵と尖った不透明なつま先がついている。こちらの素材は黒い石だ。

母は黒い絹のストッキングを両脚に履かせていく。淡いチューリップがヒップから母の下腹にかけて泳ぎ回る。ゴムの突起が黒く濁り、留め金が締められる。

母は黒い靴に石のつま先をつっこみ、母は石の踵を力ずくで押し込む。こうして母のくるぶしも二つの黒い石の首に変わる。

鐘が強弱をつけて同じ言葉を鳴らしている。鐘の音は墓地から響いてくる。どんどん激しい早鐘になっていく。

母は樅《もみ》の小枝と白菊でできた陰気な花環を胸に抱える。祖母は、微笑むマリアの円い絵とすっかり色あせた君主国時代のハンガリー文字「Szüz Mária Köszönöm（処女マリアよ、感謝を捧ぐ）」をあしらった、かたかた鳴る白い小石の環を抱えている。祖母のあか切れのできた手首に載せられ、人差し指に押さえられながら、小石の環は絶えず左右に揺れている。

私は見事にあばらの浮き出たシダを雑にまとめた束を片手に持ち、もう一方の手には持てるだけの蠟燭《ろうそく》をつかんでいる。その蠟燭は私の指と同じくらい寒さに凍えて蒼白になっている。先を行く母のワンピースに黒い皺《しわ》が寄る。小刻みに歩く母の靴がコツコツと鳴る。チューリップは相変わらず母の下腹を泳ぎ回っている。

鐘もずっと同じ言葉を繰り返している。その前後に谺《こだま》を従え、鳴り止む気配もない。ガラスのふくらはぎと石のくるぶしを見せながら、母は鐘の音とその谺に自分の小刻みな足音を入り交じらせる。

母の歩む前には、小男のゼップが、樅の小枝と白菊で編んだ花環を抱えて歩いている。

そして私は樅の小枝の陰気な花環とかたかた鳴る白い小石の環に挟まれるようにして歩いていく。雑然としたシダの束を胸に抱えながら行くのだ。

墓地の門を入ると鐘が見えてくる。鐘の音はじかに私の髪のなかから湧き起こっている。雑然たるシダの束に隠れた擦り傷だらけの手首や眉間の脈拍にも鐘の音が混じっている。そうして鐘を鳴らす引き綱の端の結び目が前後に揺れながら私の喉にひっかかり息を詰まらせようとする。

祖母の人差し指は爪の根元が死んでいて紫になっている。祖母はそのかたかた鳴る小石の環を、墓石に埋め込まれた父の顔写真の上に掲げる。微笑を浮かべたマリアのいかにも作り物めいた赤い心臓がちょうど父の深い目に覆い被さる。父の強ばった唇の位置には、ちょうど君主国のハンガリー文字が重なっている。

母が陰気くさい樅の小枝の花環の上に屈み込む。胃が下腹の上に押しつけられる。白菊も体を丸めて母の頬にすり寄る。黒いワンピースが、墓石をかすめていく風にまくり上げられる。いつの間にか黒いガラスの足には細くて白い亀裂が入っており、それは太ももを走ってゴムの突起にまで、チューリップが泳ぐ母の下腹にまで達している。

祖母は、墓石の縁あたりに置いた雑然たるシダの束を、死んだ人差し指でつまんで整えている。私は白い蠟燭を一本ずつシダのあばらとあばらの間に差し込み、冷たい指先をどんどん地面に突き刺していく。

母の手のなかでマッチ棒の青い火がちらちらと光る。母の指が震えるのに応じて、炎も震える。私の指は関節まで地面に噛み切られてしまった。母は、炎を手に墓の周囲を回りながら、「墓地では地面に穴を開けるもんやない」と言う。祖母は、死んだ人差し指を遠くに伸ばして、微笑を浮かべたマリアの作り物めいた赤い心臓に向ける。

礼拝堂の階段に神父が現れる。その靴は一面黒い皺だらけだ。その皺は神父の腹にも、さらには顎《あご》の下にまで広がっている。神父の頭の後ろでは、鐘から垂れた綱がその太い結び目ごと大きく揺れている。神父は「生きている魂と死んだ魂のためにお祈りいたしましょう」と言い、腹の上で骨ばった手を組み合わせる。

たちまち樅の小枝も針葉の手を組み合わせ、シダも乱れたあばら骨を前に屈める。白菊は雪の匂いを立て、蠟燭は氷の匂いを立てる。あたりの墓石の上に漂う空気も黒くなって哀悼の意を表し、「どうか、天上の軍隊を統べる我らが神よ、この追放から我らを救いだしたまえ」と祈りを唱えはじめる。そして、礼拝堂の塔の頭上高くでは、夜が母のガラスの足と同じくらいに漆黒に輝いている。

蠟燭はその指先からもくもくと煙のかたまりを上げている。その流れていくかたまりは、空気に触れて、私のあばら骨のように凝り固まってくる。蠟燭の芯はみじめなくらい小さな炭になり、もう炎を維持できなくなる。そうして首をがくんと落とした蠟燭の間を縫うようにして土くれがシダの束の下に転がっていく。

母は体を折り曲げた菊を額につけて、「墓地では腰を下ろすもんやない」と言う。祖母は死んだ人差し指を伸ばす。母のガラスの脚にできていた亀裂は祖母の死んだ人差し指と同じくらいの太さまで広がっている。

神父が「親愛なる信者のみなさん、今日は万聖節、今日は親愛なる死者、我らの死せる魂がこの世に戻ってくる祝祭の日です。今日は私たちの死せる魂がお祭り騒ぎをするんですよ」と言う。

　小男ゼップは手を組み合わせ、隣の墓に置かれた樅の花環を見下ろすようにして立っている。

「おお主よ、この追放から我らを救いだしたまえ」。ちらつく光に合わせて彼の白髪も震えている。

　小さなゼップは、赤いアコーディオンを鳴らして、匂いたつばかりの白い花嫁たちを呼び出して村中を練り歩き、蠟のように白い蝶ネクタイを着け、二人一組になった婚礼の招待客たちを呼び出して、祭壇を巡り回って、微笑むマリアの作り物めいた赤い心臓の下まで進み、先端に白い蠟のような鳩を載せたバニラトルテを呼び出して新婦の目の前に歩み出る。小さなゼップは赤いアコーディオンで男女の腕や脚のために、ぎらぎらと焼けつくようなタンゴを演奏するのだ。

　小男ゼップは短い指をして短い靴を履いている。その短い指をいっぱいに広げて鍵盤を叩くのだ。彼のアコーディオンは太い鍵盤は雪から、細い鍵盤は土からできている。小男ゼップが細い鍵盤を叩くことはめったにない。それを叩くと、音楽が一気に熱気を失ってしまうから。

　父の太ももが、淡いチューリップが泳ぎ回る母の下腹部に押しつけられる。

　今日の匂いたつばかりの花嫁はうちの隣に住む娘だ。彼女は人差し指を動かして私を招き寄せる。あばら形のスライスにトルテを切り分け、はにかんだ笑みを浮かべながら、二羽の蠟のような白い鳩とともにそれを私の手に載せてくれる。

　私はその手を握りしめた。すると二羽とも私の肌と同じくらいにぬくもって、汗をかきだす。

そこで私は蠟のように白い鳩を肉団子入りパンのなかに入れて、それにかぶりつく。パンを飲み込むと、とたんに焼けつくようなタンゴが聞こえてくる。

母は、チューリップを泳がせ、叔父の太ももをまとわりつかせながら、テーブルのそばをかすめるように踊っていく。そして、体を丸めた白菊を口のまわりに付けて、「食べ物で遊ぶもんやない」と言う。

主の名において、神父は骨ばった手を高く掲げる。「追放から我らをどうか救いたまえ」。その指先からは、もくもくとした煙の流れが沸き起こり、しばらく鐘の引き綱の結び目あたりに漂っていたかと思うと、やがて教会塔へと昇っていく。

母が「墓がすっかり沈み込んでしもうたねえ」と言う。「荷車二台分の土と一台分の真新しい堆肥を被せてやらんとあかんわ、そうしたらたくさん花が咲いてくれるから」。母の黒い靴が砂地できゅっきゅっと鳴る。「その仕事は死んだ兄さんのためにおまえの叔父さんがやってくれはるわ」と母が言う。

祖母が死んだ人差し指に白い小石の環を引っかける。

父の深い目が、白い亀裂の入った母の黒いガラスの足を見ている。母の黒い靴がよその家の墓と墓の間にできたモグラの盛り土を踏み越えていく。

私たちは墓地の門を後にする。村は闇に沈んですっかり嵩《かさ》をなくしてしまい、ただ樅やシダ、それに菊の花やもくもくした蠟のかたまりの匂いだけが漂っている。

私の歩く前を小男ゼップが行く。

村は真っ黒だ。空には黒いダマスク織りでできた雲がたなびいている。

祖母は白い小石の環をかたかた鳴らす。母は手のなかで私の指を押しつぶしている。

父は私たちの死せる魂だ。父にとって今日はお祭り騒ぎの日、だから村外れを踊り歩いている。

ガードルは母のヒップに深く食い込んでいる。

焼けつくようなタンゴに合わせて、父は黒いダマスク織りの雲に太ももを絡みつかせながら踊りつづける。

窓

母が私の腰をさらに八本目の紐でぎゅうぎゅうに締めつけてくる。八本の紐はどれも白くて、思いきり締めつけてある。じんじんと熱くなるくらいに締めつけられたせいで、もう息も詰まりそうだ。

ペーターはテーブルの角の椅子に座って、私が着替え終わるのを待っている。

重ねた八枚のスリップには石のように硬い折り目が付き、裾にはレースの飾りがあしらってある。たくさん穴が開いていて細長い骨格のようにも見えるレース飾りは、いかにも大げさで古めかしい。見ようによっては、蜘蛛《くも》の巣状のひび割れを起こした古い水車小屋の漆喰壁と同じく、石灰質の白い毛細血管が縦横に張り巡らされているともいえそうだ。

重ねたスカートの九枚目は、明け方のスモモのように明るい灰色をしていて、石のようなスリップの上を軽快に泳ぎ回っている。でも私には、じんじんするほど締めつけてくる紐しか感じられない。九枚目のスカートは、光沢のある灰色のぼんやりとした地の上に、白い花を咲き乱れさせている。頭を傾けた小さな釣り鐘形の花ばかりだ。大半はスカートの襞《ひだ》のなかに頭が隠れてしまっている。ただ私がくるくると体を回転させるとき、アコーディオンがふがふが言い、黒いクラリネットが吠えたて、太鼓に張られた仔牛の革がどーんどんと鳴るときだけは、隠れた花の頭もどんどん表に出てくる。

ペーターは私を踊らせて、彼の顔のまわりを何回転もさせる。するとと白い釣り鐘が一斉に目を回し、伴奏にあわせてさんざめく。私の靴も伴奏にあわせて床を踏み鳴らし、ショールの総飾りも伴奏にあわせてぶんぶん跳ね回る。髪も伴奏にあわせて飛び跳ねる。巻き毛が耳に落ちかかり、巻き毛が首の後ろに落ちかかり、巻き毛が鼻の両側に落ちかかる。がらんとした橋の下のように太鼓はどーんどんと虚ろな音を響かせる。

バルバラの頭の後ろにくるくる回るトーニの横顔が見える。私の目はトーニの耳のそばをくるくる回りながら通りすぎる。耳はペーターの頭のまわりをくるくる回転していく。太鼓の革が私のこめかみや肘や膝でじかにどーんどんと鳴る。太鼓の仔牛革が私のショールの下、皮膚の真下で鳴り響くものだから、心臓が止まりそうになる。腰のあたりがかっかと熱くなり、太ももぱんぱんに張ってくる。腹の筋肉もよじれんばかりに激しく揺れ動く。

私からトーニまでの間には、総飾りを飛び跳ねさせながら踊るショールが四枚ほどはさまれている。トーニと私の間には、ほかにもパン屋の顔と彼が持つ黒いクラリネットが見えている。

重ねたスリップが私のふくらはぎのまわりを跳ね回る。光沢のある灰色のスカートはペーターの黒いズボンの脚のまわりをくるくる回転している。白い釣り鐘の頭が襞のなかから飛びだしてくる。私の光沢のある灰色のスカートの正体は、それこそ鳴らなくなった釣り鐘なのだ。

ペーターの太ももが熱を帯びてぴくぴくと痙攣《けいれん》する。膝は硬く尖ってくるし、目も私の顔の前できらきらと輝きだす。唇も赤く濡れそぼってくる。ペーターは大きくてしっかりした手をしている。あちらではトーニがバルバラの手を導き自分の耳元をいじらせている。

黒いクラリネットが黙り込んだ。パン屋がクラリネットにたまった唾を振り落としているからだ。そうしてパン屋は、夜明けまで一緒に踊ろうよ、と歌いはじめる。ペーターが体を私に密着させてき、彼の硬くて白いカラーがこちらの首に当たって痛い。

私は目を閉じて、トーニばかりか、光沢のある灰色のスカートとも一緒に踊りながら、村はずれの水車小屋の裏に、最後の外灯の白い光を包む睫《まつげ》毛の裏側にある、がらんとした橋の下にたどりつく。

私のブラウスは柔らかく、ボタンは小さいのに、ボタン穴は大きい。スカートは薄暮のようにぼんやりしていて、霧のように音もなくまくれ上がる。トーニの手が、私の下腹部をまさぐるうちに、ぱっと火がついたように熱を帯びてくる。合わさっていた膝がふわふわと泳ぐように離れていって、太ももの長さ分くらいまで押し開けられる。下腹部がぴくつき、こめかみに押しつぶされるようにして目がぎゅっと閉じられる。がらんとした橋がうめき声を上げ、それがそのままこちらに落ちかかってきたかと思うと、私の口のなかで谺《こだま》になって返っていく。トーニが喘ぐと、草むらもいっしょに吐息を上げる。肘の下敷きになった私の灰色のスカートはだんだんと白んでくる。手で触れると、トーニの背中はすっかり汗まみれだ。私の髪の後ろに浮かぶ上空の月のなかで、忘れられたように野良犬の群が吠えたてる。一方で、夜回りは古い水車小屋の蜘蛛の巣状にひび割れた漆喰の壁にもたれて、うとうとしている。私の両手を中心にして橋がくるくる回り、舌もトーニの口のなかでくるくる回る。トーニは息を凝らし、私の下腹部に穴をうがちにかかる。私の膝が泳ぐようにして橋の端に当たる。すると橋が落ちてきて、私の目を潰しそうになる。下腹部のなかに泥のような熱いものが流れ込んできたかと思うと、体中を覆うように広がっていき、ねばねばしたもので口を塞いで、私はもう息すらできなくなってしまう。

目を開ける。額には玉のような汗が出ている。がらんとした橋の下で気怠そうに降る雨が私の喉元を流れ落ちる。

ペーターが大きな親指で私の手を握りしめるので、その汗で手がべたべたしてくる。そして私に自分のまわりをくるくる回らせ、自分も私のまわりをくるくる回る。彼のまわりを泳ぎ回るうちに、私の膝は重く鉛のようになる。

パン屋が黒いクラリネットにたまった唾を振り落とし、喉仏《のどぼとけ》をぴょんぴょん跳ねさせながら、「いや、いやよ、と彼女は言った、キスなんかしないわ」と歌う。その目も甕《かめ》のなかのワインのようにくるくる回っている。トーニの黒い肩もバルバラの飛び跳ねる総飾りのまわりをくるくる回っている。

ペーターと私は協力しあって体で「窓」を作る。私の指がペーターの指に絡みあい外れなくなる。私の腕は彼の肘に巻き付くように動く。彼の腕と私の握り拳で作られた窓が、私の顔のまえでくるくる回りだす。その窓からはトーニの横顔が見える。

みんなで作った窓の間、私たちの横顔の間から、黒い絹の頭巾を被り、斑《ふ》が入りながらも鋭い眼光をした眼と歯抜けの口をした母の四角い顔が覗きこむ。

その眼光鋭い目は、四角い顔から、そして黒い絹の頭巾からも、ぷかぷかと泳ぐようにして抜けだして、表通りの終点まで、袋の口を縛ったようにすぼまった村境まで漂っていく。畑が尽きて、がらんとした橋も越えてしまうと、その目は大地を割って、奈落の底まで落ちていく。

村はずれには十字架が立っている。イエスが道ばたに磔《はりつけ》にされ血を流しながら、ずたずたに枝が折れたスモモの木立の隙間に生まれた四角い窓から呆然とニンジン畑を眺めている。

私の眼も窓からぷかぷかと泳ぎだし、頭から、熱い口から、ひそかにかいた汗からも離れていく。私の窓は曇って盲いてしまった。組んでいた腕もペーターの腕のなかで身動きが取れず死んだようになっている。曇った窓をもう一度覗いてみて、慌てて小声で言う。「ああ、気持ちが悪い」。

舌が口のなかに落ちかかる。私は光沢のある灰色のぼやけた鐘の上にそのまま倒れ込む。そして老いさらばえた老婆たちの黒いスカートの落ち着きのない襞に、つかみかかる手に、歯の抜けた口のなかに沈み込んでいく。

老婆たちの黒いスカートは、道路のようにあからさまで、村と同じく袋の口を縛ったように片方がすぼまっている。そして畑の尽きた先、眼光鋭い目の彼方、歯抜けの口の彼方から押し寄せてくる大地そのもののように、たくさん折れ目が付いているのだ。

マッチ箱を手にする男

毎日夕方に村は焼け落ちる。まず雲に火がつく。

夏には、いつもどこかの納屋がやられる。決まって日曜日。みんながダンスやトランプに興じていると、納屋が火を噴く。夕暮れは大腸がのたうつように道路を這ってくる。やがていちばん低いところに積まれた藁や茎がくすぶりはじめる。事情を知るのはただ一人だけ、マッチ箱を手にした男だけだ。男は憎しみを抱えたまま、ジャガイモの葉の茂る畑を通り抜け、トウモロコシ畑の果てまで歩いていく。痩せこけた子供の頃に男はこの畑で頭陀袋《ずだぶくろ》を引きずりニンジンを掘り起こさねばならなかった。農家では家畜小屋で寝起きさせられた。そして、つやつやしたブロンドのお下げ髪で、冬にオレンジを食べる同い年の娘から、「おい下男」と呼び捨てにされた。いま男はトウモロコシ畑を通り抜け、歩くたびに後ろでかさかさと音がするので、自分がまるで風になったかのような錯覚を覚えていた。

いつの間にか炎の輪が大きく広がり、もう手の付けようがない。燃え上がる赤いスカートをはいた炎があちこちを転げ回り、屋根瓦の上にまで這い上がっていく。村の空までがぱっと火を噴く。

火事だ、と誰かの叫び。やがて二人目が、ついにはみんなが声を合わせて同じ言葉を大声でくりかえす。丘の上の村がどよめき揺れる。手にバケツを持った男たちが駆けつけてくる。

消防祭から戻った消防隊が、赤いペンキを塗った可動式ポンプを持って急行し、きいきい言いながら旋回するアームを燃えさかる木々に向ける。火のついた大きな納屋のあたりはぱちぱちと激しくはじけ、昼間のように明るい。それからめりめりっと音がして梁が折れ、納屋がまるごと倒壊する。人々の顔は恐怖に赤くも黒くもなり、たちまち腫れ上がっていく。

私は中庭に立っているが、首からじかに脚が生え出たとしか思えない。絞めつけられた喉以外の感覚は消え失せてしまった。そしてその喉だけが垣根を跳び越え逃げ出していく。

火がやっとここで私をぎりぎりと締め上げる。その火が迫ってくる。

私こそ火付けの真犯人だったのだ。野良犬だけがそれを知っている。毎晩、野良犬の群れは私の眠りのなかに侵入してきて一帯をうろつき回る。そうして、何もチクらないでおいてやるがな、でも死ぬまでお前を見たら吠え立ててやるぞ、と脅迫してくるのだ。

うちの農場に男たちが大挙して押しかけてきた。牛乳は庭にぶちまけるは、バケツは持ち去るは、父の上着の袖をつかんで引っ立てるはして、こう言うのだった。こっちに来い、おまえも消防隊の一員だろうが、立派な制帽と深紅の制服を持っているんじゃないのか。父は彼らの怒号に口答えもせず、そのまま丸呑みして、後に付き従った。彼らの恐怖もそのまま目に入れた。深紅の制服が父自身に先んじて敷石の上を駆けていった。そして立派な帽子は一歩進むごとに、豊かな髪を少しずつ平らげていくのだった。私の額には熱い脂汗がたらりと流れて、瞼の下では赤い波が私の視神経を焼き切った。

私は草むらを駆け抜ける。そこには口をぽかんと開けた野次馬どもがひしめいている。

私は一人きり。

私の首の後ろに彼らの射抜くような視線が突き刺さる。

いつの間にか私の隣には例によってマッチ箱を手にする男が立っている。

彼の肘、私の腕に触れんばかりに肘が突き出る。それは硬くて尖っている。

彼の靴からは畑の土がぼろぼろと落ちる。

私のことを見る者もない。みんなもうただ背中と踵《かかと》、エプロンの紐と頭巾の端っこだけの存在になってしまっている。

みんな押し黙っている。

今日でも黙りこくっている、ともかく私だけは仲間はずれのままだ。

そして彼は日曜日のトランプに勝つ。そのうえ、踊りまでうまいときている、このマッチ箱を手にした男は。

村の年代記

村の中心に建つのは教会。

教会の脇をポプラの並木道が走っている。隙間ばかりが多くて、ポプラは疎《まば》らにしか生えていない並木だ。木はてっぺんの枝先が年に五センチずつ伸びるが、同時に一番下の枝が十五センチずつ枯れていく。樹冠の表面は影も深く青々として見えるが、しかし奥の方は枯れてすかすかの状態だ。年がら年中、枯れ枝が折れては地面に落ちてくる。

何年か前に博物学の教師が博物学の授業中にポプラの測定をしてみたこともあった。後に、博物学の授業が農芸の授業と呼びかえられると、生徒たちは春にはサラダ菜を、夏にはラディッシュを、秋には秋まき小麦を細長い苗床に種まきして、輪作の実習をさせられるようになった。

ただ十一人の生徒と四人の教師だけしか村にいなくなり、彼らをまとめて小学校と呼ぶようになってからというもの、体育教師が農芸の授業も受け持つようになった。それからは農芸の授業と言っても、いつでも濡れたままの砂場の上を飛び越える幅跳びの練習をするばかり。夏にはボールで、冬には雪玉で「民族球技」、つまりドッジボールもやるようになった。生徒たちは二手に分かれる。ボールに当たったら、射撃ラインの後ろまで下がらなければならず、死んだことになるので、自分の「民族」のメンバー全員が撃ち殺される、村での言い方では「戦死する」まで見学していなければならない。体育教師は生徒のチーム分けにいつも苦心する。だから彼は授業が終わるたびに、各生徒が今回どちらの「民族」に属していたかを記録しておくのだ。前の時間にドイツ人になれた子は、今度はロシア人にならなければならないし、前の時間にロシア人だった子は、今度はドイツ人になれるのだ。しかし必要な数の生徒にロシア人になることを納得してもらえないことも珍しくない。体育教師はもうどうしていいか分からなくなると、それじゃあおまえたちみんなドイツ人でええわ、さあはじめ、と言うのだ。しかしそうなると、生徒たちはどうして戦わねばならないのか理解できなくなるので、彼らはザクセン人とシュワーベン人の二派に分かれる。

夏になると、生徒たちは赤いインクを携帯しておいて、撃ち殺されると、自分の肌やシャツに赤いシミを作りさえする。

体育教師、つまり音楽とドイツ語も教えている校長は、何日か前に歴史の授業も受け持つことになった。それというのもドッジボールが歴史の授業にもうってつけだと分かったからだ。

さて、小学校の隣にあるのは幼稚園。園児たちは歌を習い、詩を暗誦する。歌にはハイキングや狩りが、詩には母への愛や祖国への愛が出てくる。保母は、まだとても若く、村の言い方では「若き血に燃え」ており、アコーディオンがとても上手なのだが、「ダーリン」や「ラブ」

など英語が出てくる流行歌を教えることもある。男の子が女の子のスカートのなかに手を入れたり、指の幅ほど開いたドアの隙間から女子便所を覗き込んだりすると、保母はそれを「恥さらし」と呼ぶ。そんなことがあまりに頻繁に起きるから、幼稚園でも保護者会、村の言い方では「父兄面談」が行われる。保護者会では保母が保護者たちに、どんなふうに子供たちに罰を与えるべきか、助言、村の言い方では「指導」を与える。どんな規則違反にも効果覿面《てきめん》の罰として推奨されるのは何よりも外出禁止だ。一週間か二週間、子供たちは幼稚園から帰宅したら、もう外に出してもらえなくなる。

幼稚園の隣は定期的に開かれる市場になっている。何年か前までは羊、山羊、牛、馬がにぎやかに売り買いされていた。今では春に一度、近在の村から二、三人の無表情な顔をした男たちが、車に仔豚の入った木箱を積んでやってくるのが関の山。仔豚は二匹セットでしか売買されない。値段は体の大きさというよりも、品種、村の言い方では「血統」で決まる。買い手は隣人なり親戚なりを連れてきて、脚や耳、鼻面、剛毛が短いか長いか、尻尾が巻いているか伸びているかと、仔豚の体格、村の言い方では「肉付き」を一緒になって品定めするのだ。黒斑《くろぶち》の仔豚と色の異なる目をした豚は、村では「不幸の豚」と呼ばれていて、売り手は半値で売る気にでもならないかぎり、再び木箱に入れて車で連れ帰るしかない。

豚以外にも村人たちはウサギ、ミツバチ、鶏などを飼っている。鶏とウサギは新聞では「小動物」と呼ばれており、鶏やウサギを飼育する人々は小動物飼育者ということになる。

村の人々は豚や小動物以外に犬と猫も飼っており、これらは何十年も前から掛けあわされてきたので、もはやどちらがどちらか区別もできない。猫は犬よりも危険で、ウサギとも平気で交尾する、村の言い方では「まぐわう」のだ。

二つの世界大戦とさらにいくつかの別の苦難を生き延び、もう何人もの仲間の死を見届けてきた村の長老は、大きな赤毛の雄猫を飼っていた。ところが雌ウサギが三度立てつづけに灰色の地毛に赤い斑《ぶち》の仔ウサギを産んだ。村の言い方では「お産した」のだ。長老はみゃあみゃあ鳴く仔ウサギをいちいち水に沈めて溺れ死にさせた。三度そんなことがあった後、とうとう長老は雄猫を縛り首にした。ところがそれからもウサギは二度縞模様のある仔を産み、そんなことがつづいた後、今度はトラ猫を飼っていた隣人がそいつを縛り首にした。最後にウサギ小屋には長い縮れ毛の仔が生まれたが、隣の通りか隣村の牡猫も、こいつはこいつで村の犬と猫がまぐわってできた合いの仔だったが、そんな縮れ毛だった。長老はもうどうしていいか分からなくなって、ウサギを殺して地面に埋めた。というのも何年もずっと猫に腹を貸してばかりいたウサギの肉など口にしたくもなかったからだ。村中の人が知っていることだが、長老はイタリアで捕虜として捕まっているあいだに、猫の肉を食べたことがあった。だからといってウサギの淫行を我慢せねばならん理由はどこにもない、と長老は言うのだ、ここがサルデーニャにあってもおかしくないという印象を受けるかもしれんが、このシュワーベンの村は幸いにしてイタリアにはないからな、と彼は強調する。しかし村人たちは、そんな印象は彼の動脈硬化のせいだとして、頭のなかにもう血の大きな塊ができてるんだ、と語り合うのだ。

市場の隣にあるのは村議会、村の言い方では「役場」だ。村議会の建物は農家の屋敷と鄙《ひな》びた教会を合成したような作りになっている。農家からは数本の柱で支えられた欄干付きの吹きさらしのベランダ、小さな薄暗い窓、茶色のブラインド、ピンクに塗られた壁、緑に塗られた基礎回りを受け継いでいる。教会らしいところと言えば、入り口に四段の階段があること、上にアーチの装飾が付き、格子窓がはめられた木製の観音扉が開かずの扉であること、そして室内を静寂が支配し、屋根裏にはフクロウとコウモリ、村の言い方では「害獣」が住みついていることがあげられる。

村長、村の言い方では「庄屋」が、役場で会議を主催する。会議に出席するのは、うわの空で煙草ばかり吸っているニコチン中毒者、煙草こそ吸わないが眠りこけるのだけが取り柄の非喫煙者、村では「大酒飲み」と呼ばれて、いつも酒瓶を椅子の下に隠し持っているアル中、それにアル中でもニコチン中毒でもないが頭の弱いうすのろ、村の言い方では「おとなしい」連中たちで、いかにも熱心に耳を傾けているような振りをしながら、みな頭のなかではまったく別のことを考えている。もっとも、この連中にそもそも何か考えることができるとしての話ではあるが。

村を訪れるよそ者たちも村会には行く。というのも、我慢できなくなると、裏庭まで行って用を足す、村の言い方では「しょんべんを垂れ流す」からだ。村会の裏庭にある便所は公衆便所で、ドアもなければ屋根もない。村会と教会には共通点が多いのに、いまだかつてよそ者が村会と間違えて教会に行ったという話は聞かない。というのも教会は十字架で、村会は掲示板で、村の言い方では「告知板」で、それだとすぐに分かるからだ。掲示板には壁新聞が貼りだされ、それは黄ばみに黄ばんで読めなくなってから、ようやく新しいのと交換される。

村会の隣にあるのは床屋、村の言い方では「髪結い」だ。床屋には大きな鏡が一枚、その前に椅子が一脚、隅に石炭ストーブが、壁際には木のベンチが置いてあって、ベンチには常連が、村の言い方では「髭を当ててもらいに来るの」が座って眠りこけているが、それを村では「順番を待っている」と称するのだ。

「髭を当ててもらいに来るの」はみな百歳を越えていない。髭剃りのほかに客はみな髪も切ってもらう、つるっ禿でさえそうしてもらう。床屋は、村では「髭剃り師」と呼ばれているが、髭を当てるたびに剃刀の刃を革のベルトでこするので、ベルトは大きく揺れてぶうんとうなりを上げる。若い客たち、つまりは七十歳以下の客の顔には香水をなすりつけ、それより年配の客にはスピリッツをなすりつける。というのも老人が香水をつける、村の言い方では「香水をぷんぷん振りまく」のは似合わない、村の言い方では「みっともない」からだ。

床屋の隣、村会の前には、コンクリートを流し込んだ舞台が作られていて、村では「縁日広場」と呼ばれている。このコンクリートの舞台の上で縁日にはカップルたちがダンスを踊るのだ。

ドイツまでとは言わないまでも、大きな町に引っ越していく人が増え、村がどんどん小さくなっているというのに、縁日だけはどんどん大規模に、衣装はどんどん派手になっている。新聞が、「大集落」でなくとも「集落」と呼びうるような規模の村のものであれば、縁日という縁日を事細かに報道せざるをえないほどなのだ。村の縁日はそれぞれ別の日曜日に開かれるので、縁日カップルはみな自分のところの縁日、村の言い方では「お堂祭り」の前後には、隣村の縁日にも出かける、村の言い方では「加勢しに行く」のだ。しかしバナート地方ではどの村も隣り合っているものだから、結局すべての縁日に同じカップル、同じ観客、同じ楽隊が参加することになる。縁日のおかげで、バナート中の若者たちは顔見知りになり、こうやって、新郎と新婦は同じ村の出でこそないが、ともかくもドイツ人同士には違いはないと両親が納得させられると、しばしば村をまたいだ結婚にいたるのだ。

床屋の隣には、村でただ「店」と呼ばれる消費生活組合があるが、それはわずかに五平方メートルの大きさしかなく、鍋や頭巾、マーマレード、塩、布、スリッパ、六〇年代はじめに出た古本を一山ばかり置いている。店番の女は糖尿病を患っている。きっと隣村の出身だ。というのもケーキを売るコンディトライ（通称「コンディ」）もフランツィスカという名前も隣村にしかないものだからだ。

うちの村だったら、女ならマグダレーナかテレージアという名前で、村ではそれぞれレーニ、レージーと呼ばれる。男ならマティアスかヨハンという名前で、それぞれ村ではマッツ、ハンスと呼ばれている。村人の苗字も生業《なりわい》――シュースター（靴屋）、シュナイダー（裁縫師）、ワーグナー（車大工）――あるいは、動物の名前――ヴォルフ（狼）、ベアー（熊）、フックス（キツネ）――ばかり。これ以外にもまだ二つだけ名前がある。シャウダー（戦慄）とシュトゥンパー（能なし）で、何に由来するのか誰にも分からない。バナート出身の何人かのいわゆる言語学者は、いわゆる言語研究によって、これらの名前が別の名前の変形によって生じたことを証明してはいるけれど。こうした名前のほかに村にはさらにニックネーム、村の言い方では「あだ名」がある。シュマルツバウアー（でぶっちょ）、ガイツハルス（けち）などがそうだ。

消費生活組合の隣は通称「文化会館」。雨が降ると、縁日は文化会館で開かれるし、雨が降ったり、雹《ひょう》や雪が降ったりすると、場合によってはお天気がよくとも、ここで結婚式が行われることもある。文化会館にも四段の階段、格子窓付きの、分厚い木でできた開かずの扉、アーチで飾られた入り口がある。小さな薄暗い窓には茶色のブラインドまで付いており、屋根裏には害獣が住み着いてもいる。かつて映写装置が置かれていた小さな暗室には、もうだれも映画など観に行かなくなり、ただ結婚式だけが行われるようになってからというもの、大きなストーブが、村の言い方では「だるまストーブ」が大きなはめ込み式のヤカンと一緒に据えつけられている。傷んだ床が寄せ木張りに取り替えられてからは、年老いた結婚式の客たちも、村の言い方では「新婚さん」も、ワルツやフォックストロットの代わりに、再びポルカを踊るようになった。

文化会館の隣は郵便局。郵便局で働くのは二人の職員だけ。村で「郵便屋さん」と呼ばれている郵便配達夫と、村で「郵便局のおくさん」と呼ばれる、妻の電話交換手だ。郵便局のおくさんは、電話の扱いがほとんどないので、到着した郵便と、晩に郵便ポストから回収して発送する郵便に消印を押している。郵便局のおくさんはすべての手紙の内容も宛名や差出人も確かめているので、村人がどんなに秘密にしている考えも彼女には筒抜けになっている。

郵便局の隣は派出所。村で「青服」と呼ばれている警官は、村では「支所」と呼びならされている、きれいに片付いた机と椅子だけの殺風景な小部屋に入ると、窓辺まで行き、換気のため窓を開け放して外国産煙草を吸い、終わるとまた窓を閉め、再びドアの錠を下ろす。それから郵便局に出かけていく。何時間か高い書見台の後ろに陣取り、郵便局のおくさんと世間話に興じる。

村の横町は三筋あって、村では「裏町」と呼ばれている、というのは第一の横町は学校の裏から農協まで、第二の横町は消費共同組合の裏から国営ファームまで、第三の横町は郵便局の裏から墓地までつづいているからだ。

横町には家が並んでいる。建ち並ぶ家はどこも壁の漆喰がピンクに塗られていて、基礎回りは同じ緑の塗装、窓には同じ茶色のブラインドを付けている。どの家も番地の表示板を見なければ区別がつかないくらいにそっくりだ。

横町では朝早く空が白みはじめると、鶏がくわっくわっと鳴き、ガチョウががあがあと鳴いたり、しゅっしゅっと音を立てたりするのが聞こえてくる。外がすっかり明るくなると、村の言い方では「昼の明るさ」になると、くわっくわっも、があがあも、しゅっしゅっも、村では「おかみさん」と呼ばれていて、垣根と庭をまたぐようにしておしゃべりする、村の言い方では「井戸端会議に忙しい」女たちの声にかき消されてしまう。その庭はいつもよく耕され草むしりもされていて、それを村では「丹精《たんせい》を込めとる」と呼ぶのだ。

村の家はどこも清潔だ。主婦が朝から晩まで磨いて拭いて掃いてブラシ掛けしている、それを村では「やりくり上手の締まり屋だ」と言うのだ。土曜日には、中庭の半分ほどもあるペルシャ絨毯が、村の言い方では単に「ペルシャ」が、わざわざ運びだされて垣根の上に干される。それからぱんぱん叩き、ブラシや梳《す》き櫛《ぐし》をかけ、その後で再び客間、村の言い方では「特別室」に敷き直すのだ。特別室では桜やシナ材に化粧板として胡桃やバラなどの高級材を張った家具が黒光りしている。

それぞれの家具の上には、村では「お人形」と呼ばれ、様々な昆虫や動物、毛虫や蝶から馬までを象《かたど》った小さな置き物が飾ってある。なかでも人気なのはライオン、キリン、ゾウとシロクマで、というのは、新聞では「バナナート周辺」、村では「内地」と呼ばれるバナナート地方には姿も形も見られないのに、村で「外地」と呼ばれる外国には生息している動物たちだからだ。

村の長老は何年も前から、村では「西」と呼ばれている外国に捕虜時代の戦友を訪ねに行くことができれば、ついでにぜひ本物のライオンも見てみたいものだと思っている。

窓には白いナイロンのカーテン、村の言い方では「レースのカーテン」が掛かっている。多くの主婦がレースのカーテンを外国の親戚に持ってきてもらい、そのお礼に数キロもの自家製ソーセージや豚肉の薫製ハムなどすばらしいプレゼントを返すのだ。カーテンにはそれだけの価値があるんや、と彼女たちは言う。というのも、住む人のいない空き部屋がいくつもあって、つまり部屋が、村の言い方では「大事に取っておかれて」いて、子供や孫、村の言い方では「孫子の代」にまで受け継がれるだろうから。

どの家の庭も前後二つに分かれていて、村では「前庭」と「裏庭」と呼ばれている。前庭の、母屋の軒に届きそうな葡萄の格子垣の下には、きれいに刈り込まれ、ビロードのような花をつけたバラの茂みに挟まれるようにして、色鮮やかな小人の人形とともに、大きな緑の雨ガエル、村の言い方では「庭ガエル」が何匹か潜んでいる。裏庭には鶏の檻のほか、黒く煤《すす》けた小屋が並んでいる。そこでみな料理や食事をしたり洗濯やアイロンがけをしたり、あるいは昼寝をしたりするのだが、村では「夏の台所」と呼ばれている。村人たちは週を献立によって肉の日と麺類の日に分けている。脂っこくて、塩や胡椒をたっぷりかけた料理がお好みだ。しかし村医者が脂分や塩分を控えるように命じると、脂っこくも塩辛くもない食事をしぶしぶ摂るにはとるが、食べているあいだじゅう悪態をつくのだ。確かに健康に勝るものなしや、でも食べたい物を食べられへんのなら、人生なんかしょうもない、それに「いい物を食べていればこそ、憂いも忘れられる」とも言うやないか。

裏町のそのまた向こうには農協の集団農場と国営ファーム。農場はだだっ広い。作物は冬には霜に苦しめられ、村の言い方では「すっかり凍りつき」、春にはじとじとする長雨に苦しめられ、村の言い方では「すっかり立ち腐れ」、夏には日照りに苦しめられ、村の言い方では「すっかり干からびる」のだ。そして秋の収穫はまさに雨季の真っ最中だ。新聞では「収穫キャンペーン」と呼ばれ、十月には決着するはずだが、この村では十二月になってもまだ収穫が終えられない。冬になって農場にたくさん深い穴が見えるのは、鋤が入った畝間ではなく、収穫しようとして長靴の上までずぶずぶと泥に沈んだ農夫らの足跡なのだ。農夫のなかには、国有化、村の言い方では「財産没収」があってからというもの、本当の意味で何かが収穫できたことなどない、と断言する者が少なくない。土地を取り上げられてからは、どんなにいい土地だろうと何の価値もなくなった、と農夫たちは言うし、村の長老によれば、自分の所有していた畑と農場の土地にはとても大きな違いがある。これが同じ土地とはとても思えないくらい雲泥の差があるのだ。

村を取り巻くようにして集団農場と国営ファームの所有する土地が広がっている。集団農場の土地は最初の裏町の向こうに、国営ファームの土地は二番目の裏町の向こうにある。

集団農場は村長の弟である理事長と四人の農業技師（うちの一人は草花の担当、もう一人は七頭の牛と十一頭の豚、もう一人は三ヘクタールのキュウリ畑と二ヘクタールのトマト畑、最後の一人は三台のトラクターを担当している）、そのほかに、みな五十の坂をとうに越え、村では「組合員」と呼ばれ、技師たちからは「下女」とか「下男」とか呼び捨てられている七人の集団農場労働者がいる。幹部会で技師たちは不作と集団農場の赤字の原因を、穀物には水はけがよすぎ、野菜には水はけが悪すぎる土地のせいだと発言する。この土地はアザミや畑を吹き抜ける風にはもってこいだが、まさにその風こそ、技師たちが「農作物」と呼ぶ穀物や野菜の息の根を止める張本人なのだ。草花担当の技師は、集団農場の土地は酸性が強すぎて、粘り気もありすぎると言っている。

一方の国営ファームは、村で「農場長」と呼ばれ、村長の義理の弟で集団農場理事長の実兄にあたる理事長、五人の技師（うち一人は九頭の牛と十五頭の豚の担当、もう一人は六ヘクタールのニンジン畑と十ヘクタールのジャガイモ畑、もう一人は村で「養樹園」と呼ばれている果樹園を受け持っている）、そして閉鎖された養鶏場に寝起きする一〇〇人の労働者で運営されている。技師たちは国営ファームの不作の理由を、穀物には塩気がありすぎ、野菜や果樹には塩気が足りない土地のせいだと発言している。この土地に向いているのはヒナゲシと矢車草で、畑に色とりどりに咲き乱れており、技師たちの言うように、写真に撮ってもギラギラと輝いて目立って仕方ない。草花担当だった元技師は、去年、ヒナゲシと矢車草のこのどぎつい色のおかげで、クライオバでのルーマニア＝ブルガリア友好写真展で一等賞をとった、村の言い方では「賞に当たった」。副賞はイタリア旅行だった。この旅行以降は、村長と集団農場理事長と国営ファーム長、この三者の従兄弟《いとこ》に当たる作業班長が草花の担当になった。

三番目の裏町の先にあるのは墓地だ。墓地にはスモモの垣根と重々しい黒の鉄扉が付いている。中央の道の突き当りには、村の教会を模した礼拝堂が建っているが、それは少しばかり背の高い屋外調理場のようにしか見えない。

礼拝堂は第一次大戦まえに、当時の肉屋で、戦争を生き延びた後にローマに行き、村で「聖なる父」と呼ばれている教皇に会ってきた男が建てた、村の言い方では「寄進した」のだった。肉屋の妻は、本当はお針子だったのに、村では「肉屋の女房」と呼ばれていたのだが、礼拝堂が完成して二、三日もしないうちに死んでしまって、礼拝堂の下の家族の地下墓所に埋葬された、村の言い方では「弔われた」のだった。

礼拝堂の地下には、墓地のどこにでもいる蛆虫《うじむし》とモグラばかりか、蛇まで潜んでいる。この蛇に怖じ気づいたおかげで、肉屋は今日でもまだぴんぴんしていて、村の長老にまでなった。

肉屋の女房以外の死者はみな墓穴に横たわっている、村の言い方では「休らっている」。村の死者はいずれも食べ過ぎたか飲み過ぎた結果として死んだのだが、それを村では「死ぬほど働いたせい」と呼んでいる。唯一の例外は戦地で死んだ英霊たちで、彼らについては「立派に戦って死んだ」とみな思っている。自殺者は村にはいない、というのも村人はみな常識を弁《わきま》えていて、どんなに齢をとってもその常識を決して失わないからだ。

英霊たち、村の言い方では「戦死者」たちは、犬死にしたのではないことを、村の言い方では「国に殉じた」ことを証明するために、というのもきっと進んで潔く殉死したのだろうとみな思いたがったからだが、同じ墓地にいわば二度、つまり一度は家族の墓に、もう一度は英霊の十字架の下に、手厚く埋葬されたのだった。しかし実際にはどこかの共同墓穴にその他大勢の死体といっしょくたに放り込まれている、村の言い方では「戦争に行ったきり帰ってこない」のだ。戦死者はたいてい白か灰色のオベリスクを土饅頭《どまんじゅう》の上に立てている。何年か前には畑をもつ地主農家だった死者たちは白い大理石の十字架で墓を飾っている。一方、彼らに雇われ、村で「下男」と呼ばれていた日雇い労働者は、錫でメッキした鉛の十字架だし、村で「下女」と呼ばれ、男も知らずに死んだ若い娘たちにいたっては、黒いニスを塗った木の十字架だけだ。墓地で死者が埋葬されるたびに、村で「ご先祖様」と呼ばれるその先祖が、主人であったのか農奴であったのか、一目瞭然で分かってしまうのだ。

いちばん大きな十字架は英霊を祀る十字架だ。礼拝堂よりも高くそびえている。その上にはあらゆる戦争のあらゆる前線のあらゆる英霊たちの名前ばかりではなく、行方知れずになった、村の言い方では「強制連行された人たち」の名前までが彫られている。

私は黒い門を閉めて墓地を出る。墓地の先には荒れ野、村の言い方では「放牧場」が広がっている。放牧場には木が何本かまばらに立つだけだ。

私は荒れ野の端に立つ木によじ登る。ちっとも村の中心ではないが、仮に村の中心に立っていたとしても全然おかしくない、そんな立派な木だ。私は両手で一本の枝にしがみつき、隣村の教会に目をやる、その階段の三段目で、てんとう虫が右側の羽を磨いているのが目にとまる。

髪型も口髭もドイツ式で

　ついこのあいだ知り合いが近くの村に行ってきた。そこに住む両親の顔を見てこようと思いたったのだ。

　日がな一日、あの村はうっすらと明るいんだ、と彼は言った。昼にも夜にもならない。朝の薄明でも晩の薄暮でもない。そしてその薄明かりが人々の顔にまで浮かんでいるんだ。

　あの村には何年も暮らしていたのに、誰の顔も見分けられなかった。みんな同じ灰色の顔になってしまっていたんだ。通りかかる顔はどれもこれも、みんなそんなだった。挨拶しても何の反応もなかった。やたらと塀や垣根にばかりぶつかった。時には、道路を横切るように建てられた家のなかを通り抜けるはめになった。通り過ぎるたびに、ドアが大きな音を立てて閉まった。目の前にドアがなくなってようやく、また道路に出たのだと分かった。人々は何やら話をしていたが、その言葉も理解できなかった。彼らがこちらから遠く離れたところを歩いているのか、それともすぐ隣を歩いているのか、こちらに近づいてきているのか、それとも遠ざかっていくのか、どうにも決めかねた。杖が壁を叩く音が聞こえたので、その男に両親の居所を尋ねた。男はたくさん韻を踏む長い言葉を延々と口にしたかと思うと、杖でただ虚空を指すばかりだった。

外灯の下に「理容室」と書かれた看板が掛かっていた。床屋がブリキのボウルに入った水と白い泡をドアから道路にぶちまけていた。知り合いは室内《なか》に入っていった。長椅子には老人ばかりが座って眠りこけていた。順番がくると、すぐ床屋が名前を呼んだ。眠っているうちの何人かが呼び声に目を覚まし、声を揃えて名前を復唱した。呼ばれた客が目を覚まし、鏡の前の丸椅子に腰を下ろすあいだに、他の老人たちはまた眠り込むのだった。

ドイツ式の髪型でええんか、と床屋が尋ねた。

客はうなずき、黙って鏡を眺めた。長椅子の男たちは見たところ息もしないで眠っていた。死体のように硬直して座っていた。室内にはハサミを入れる音だけが響いた。

床屋はブリキのボウルの中味をドアから道路にぶちまけた。知り合いは危うくその水しぶきを浴びそうになった。ドア枠に背をもたせかけていたのだ。床屋は口笛を吹くみたいに唇をとがらせた。しかし口笛を吹くわけではなかった。そして眠りほうけた客たちの顔をじろりと見回した。それから舌打ちをした。急に床屋は知り合いの父の名を呼んだ。何人かの男が目を覚まし、目を剝き、声を揃えて彼の父の名前を復唱した。灰色の顔をし、黒い口髭にひねりを入れた男が立ち上がって丸椅子に向かった。長椅子の男たちはまた眠り込んだ。

ドイツ式の髪型でええんか、と床屋が尋ねた。

髪型も口髭もドイツ式で頼むわ、と男が言った。室内にはハサミを入れる音だけが響いた、そしてひねった口髭の先端が床に落ちた。

知り合いはつま先だって丸椅子まで歩いていった。そして、「父さん」と語りかけた。椅子に座った男は顔色ひとつ変えずに鏡を見ていた。知り合いは男の肩を叩いた。鏡の前の男はもっと無表情になって鏡から眼をそらさなかった。床屋が大きく開いたハサミを宙に振りかざした。広げた手を回し、親指にかけたハサミを回転させる芸当まで見せた。知り合いは元の場所に戻り、背をまたドア枠にもたせかけた。床屋は指を広げて、椅子に座った男の顎髭に石けんを塗りたくった。鏡の前に並ぶ顔の間には灰色の埃が舞っていた。床屋がブリキのボウルの中味をドアから道路へぶちまけた。その水しぶきを浴びそうになりながら、男はドアをするりと抜けて行った。知り合いはつま先だって道路に出た。男は目の前を歩いていた、それともそれは別人だったのだろうか。薄明かりが彼の顔のすぐ前に迫ってきた。さきほどの人物がこちらに近づいてきているのか、それとも遠ざかっていっているのか、もう判然としなかった。やがて男がこちらから遠ざかっていることに気がついたが、その立ち去りようは、道路は平坦なのに、まるで下に沈んでいくかのようだった。知り合いは何度も垣根や塀にぶつかった。道路を塞《ふさ》ぐように建つ家を何軒も通り抜けて、ようやく駅に向かった。

歩きながら背中に強い痛みを感じて、ドア枠にずいぶん長くもたれていたのだと思い当たった。指に強い痛みを覚えて、たくさんのドアを押し開けねばならなかったことを思いだした。

列車が駅に近づいてくると、喉にも強い痛みを覚えて、この間ずっと独り言を言いつづけていたことに気がついた。

　駅員の姿は見えなかった。しかし駅員が長く甲高い警笛を鳴らした。列車は、近づいてくるとき、つむじ風を巻き起こした。そして短くかすれた汽笛を鳴らした。薄明かりと列車があげる蒸気に包まれるようにして木が一本、線路ぎわに立っていた。すっかり枯れた木のようだった。それでも幹にはまだ駅名表示板が掛かっていた。動きだした列車のなかから知り合いは、板にはかつてのような村の名前ではなく、ただ駅とだけ記されているのを認めたのだった。

長距離バス

バス乗り場まで行くには村を突っ切らねばならない。母は垣根の後ろに立って、手も振らずに私を見送っていた。

それから私は、ただ手荷物だけの存在となった。バスに乗ると、殺風景な荒れ野に両脇を挟まれた。

荒れ野を男が一人横切っていった、一人きりだ。それは半分気狂い、半分アル中、合わせて一人前の人間だった。

やがて酒の臭いをぷんぷんさせたやりきれない騒ぎがバスのなかで始まり、もう止みそうになかった。

「ゲルリンデ、あんたどうしてフランツに飲ませてんの。隣に座ってて」と運転席のすぐ後ろに立つ女が言った。口のきけない太った子供が瞳を上げた。「あんた、頭がいかれとるわ、フランツ」と彼女が頬骨あたりを真っ赤にした男に言うと、男は片手で吊り棚の棒につかみかかり、もう片方の手で額の髪をさっとかきあげ、首筋に触れた。その人差し指の爪がなかった。

――見てみい、ひどい汗やないの、せっかくいい服を着せてやったって、何の意味ないわ、まともな人間にはとても見えないんやから。

吊り棚の上では新聞紙に包まれた菊の花束が震えていた。バスがカーブにさしかかるたびに、しなびて硬くなった花びらがはらはらと落ちてきた。

「例のいかにもワラキアにしかないような花が今日は見当たらんねえ。あれは気持ち悪くなるくらいにぷんぷん臭うんやけど」と女の一人が言った。

「またシュワーベンの女どもがピーチクパーチクやっとる」と男の一人。

ジプシーがスペアタイヤの上に乗っていて、カボチャの種を左の口角から入れては、右の口角からきれいに殻だけ吐きだしていた。

――あの連中は何でも食べてしまうんやからねえ。昨日は村に三人組の男たちが黒塗りの車で乗り込んできた。揃って背広姿やった。死んだ鶏を掻き集めに来たんや、鶏の伝染病のことをどこぞで聞きつけてきたんやろ。うちの母のとこの鶏は三羽を除いてみなやられてしもたわ。外から見る限り、何も変わったとこはなかった。みなガアガア鳴いとって、ひっくり返ったかと思うと、あっけなく死んでしまったんよ。あの連中は車を持っているけれど、うちらはそんな大金なんかどうせありつけやしない。うちらは死んだ鶏なんか食べない、なのに病気にかかってばかり、塩も胡椒も砂糖もきいてない、脂もついてないようなものばかり食べさせられてるんやわ。

――うちの亭主が昨日の昼過ぎ、床屋に行ってきた、もう村で歯を抜いてくれるんはあの人しかおらんからね。歯医者はもうこんな辺鄙《へんぴ》なとこまで来てくれへん。こんな村におれば虫歯にならんほうがおかしい、子供らの犬歯もすっかりぼろぼろになっとる、ってそんなふうに床屋は言ってたわ。

――歯一本抜くだけで一〇〇レイもする、もう口のなかこんなブリッジだらけなんは嫌やから、と私は言ってやった、全部抜いてください、入れ歯を作ってくれればええわ、そう言ってやったんよ。

――フランツ、いいかげんに、その酒瓶をしまうんや。酒が何人をお陀仏にしたと思てんの。

――この連中は聞く耳なんか持ってない、うちの人もまだ死なずにすんだはずやのに、でもいくら口を酸っぱくして言ってやっても無駄なんやわ。

――さっさと死んでもらった方がさっぱりするわ、そしたら腹も立てずにすむんやから。

――そりゃそうやけど、この連中は、こっちの人生をさんざんめちゃくちゃにしておいてから、やっとくたばってくれるんやから。

道ばたには昨日の水たまりが残っていて、じっと動かない水面を鋼のように青く光らせていた。錆びついた鋤や腹を裂かれた化学肥料の袋が放ったらかしになっていた。バスのなかにはガソリン、酒、小便の臭いが立ちこめていた。暖かい空気が溜まって動かず、車の振動に合わせてぶんぶん鳴るばかりだった。

橋を通り越すときの大揺れで、眠っていた客の口のなかで歯ががたがた鳴り、頭は座席の背もたれから外れて宙に浮いた。客はびっくりして目を覚ました。寝ぼけ眼で、寝起きのひどい顔だった。しばらくは自分がどこにいるのか見当もつかないでいるようだった。すっかりおどおどして呼吸までもがぎこちなくなっていた。

吊り棚から血のように赤い葡萄の果汁が誰かの後頭部に滴り落ちた。果汁が嘗めたかのように、頭のまんなかにねばねばの穴が穿《うが》たれる。まるで何かの巣だ。果汁を頭皮にしみこませた男が、「この袋は誰のもんや」と尋ねたが、誰ひとり答えなかった。

男は窓を横に引き開けると、袋を外へ放り投げた。

「なんやの、この豚野郎が」と小声で一人の女が言った、男が女の方を睨みつけると、今度は大きな声で、「あの袋は私のもんじゃないけどね、でもあんたはやっぱり豚に違いないやんか」。

片側のカーテンはすっかり閉められていた。空が赤くて、目が痛くなる。

口のきけない太った子供がお下げ髪にかじりついていた、隣の女がそれをじっと見て、「まあ」と言った。子供は目をそらしたが、それでももっと深くお下げ髪に噛みついた。

バスは真っ赤な壁の傍らを通過した、壁には窓ひとつないが、大きな黒い文字と大きな黒い点をあしらった会社の看板が掛かっていた。ただしそれらを合わせても、決して何か意味ある言葉になるわけではなかった。

「やつらのところでは垣根まで赤いときとる」と一人の男が言った。

――昨日の夜勤の時のことや、若い工員の両手が五トンプレス機でまっぷたつにされた。するど責任者が機械工の一人に酒瓶を持たせて出て行かせ、それまで外してあった電球をつぎつぎにソケットにねじ込みはじめたんや。さっきの機械工が更衣室で怪我人の口に酒を注ぎ込む現場を仲間と一緒に押さえた。機械工の奴はみんなで袋だたきにしてやった。おかげで病院送りや。

「町は荒れ野のただなかに突然あらわれてくるわ」と女の一人が言った。「聞いた話やけど、お墓の値段が町では今とても高くなっていて、いちばん奥の墓でも手が出ないとか。それでも最前列の墓を希望する人が多いらしいけど」。

――私らの墓地はえらい水はけが悪うて沼みたいになっとる。中央通路沿いの乾いた場所にも溺れ死んだモグラが山のように積まれてるんや。モグラはいつかお堂のまわりを掘るだけ掘って、きっとお堂を倒してしまうと思うわ。

男のうちの一人が柳細工の籠を膝にのせた。欠伸をして歯抜けの口を見せ、布の縁を籠のなかに押し込んだ。なかで鶏がぴくりと動くと、布はまたへこむのだった。

御影石でできたような太陽。映画館の前にはちんぴらがたむろしていた。けだるそうに少女たちが公園を歩いていた。ちんぴらとけだるげな少女たちはお似合いだった。川が重い泥を巻き上げるようにして流れていた。水面は木立の影も映らないくらい濁っていた。雲は灰色の石にしか見えなかった。

口のきけない太った子供は窓ガラスに頭をもたせかけ、まわらぬ舌で何ごとかつぶやいていた。そしてバスが道路の穴の上を通過した拍子に舌を噛んでしまった。まわらぬ舌でつぶやきながら泣きだした。

――トウモロコシは畑に倒れて腐っていくばかりや。大きな豚は仔豚の尻尾を噛み切って食べてしまいよる。病気か同種交配のせいらしいが、よう分からん。

――春には恐ろしい量の雪が、降った量以上に溶けてしもうた。そのせいで羊がたった一組を除いて全滅したんや、その一組にしてからが、それ以前に屠《ほふ》られていたから助かっただけの話。首に潰瘍ができとったんでな。羊飼いもうんざりして死んでしもた。

――フランツ、なんでその娘《こ》に豆を自由に食べさせてんの。隣に座ってるんやろ。

「吐きださんかい、ゲルリンデ、そんな盗品たべたらあかん」と男が言った。

口のきけない太った子供は慌てて飲み込み、嫌な顔をして、豆がいっぱいに詰まった大きな鞄のなかを覗き込んだ。泡を食って農業技師が鞄のジッパーを閉めた。

一人の女が苛立ったような笑い声を上げた。「大学まで行って学ぶことといえば、盗むことだけなんやから」と女は言った。「フランツ、その娘《こ》に上着を着せてやって。もう降りるんやから」。

「さあこっちへこい、ゲルリンデ」と男は言った。「袖に手が入らんのか」。

スペアタイヤの上のジプシーは靴下をはいて足を靴に滑り込ませた。

運転手が、客席が空っぽになったバスのなかを見回して、しゃっくりをした。
「ちゃんとボタンを閉めるんやで、ゲルリンデ」と女の一人が言った。

母、父、男の子

燦々《さんさん》たる陽光の黒海の岸辺からごきげんよう。無事に到着しました。天気もすばらしくて、食事も文句なし。食堂はホテルの一階にあり、ホテルからそのまま砂浜にも出られます。

日の出を撮った絵はがきがある。砂浜は黒く、空は赤く、海は深紅に写っている。

子供たちは大きなビーチボール遊びに興じる。ボールを海から持ち上げると、子供たちにはもう目の前が見えない。

父親がボール遊びに混ざろうとすると、何を子供みたいな真似してんのよ、と母親がたしなめる。

絵はがきの大きなビーチボールは何年もずっと空中に漂いつづけている。絵はがきの空はいつも晴れ渡っている。

トランク満載の列車が国中を走り回る。男たちは家族全員の夏期休暇旅行切符を身につけている。それはきれいに折り畳んで財布のなかにしまい込んである。

休暇が始まって数日は、重いトランクを運んだせいで筋肉痛に悩まされる。長旅のあいだずっと、うだるような暑さだったので、女たちの顔は吹き出物だらけだ。

トランクには日々の生活のなごりとなる所帯じみたものが詰まっている。男の子は、ドナルドの絵がついたお気に入りの皿で、それもお気に入りのスプーンを使ってしか食べようとしないし、いつもの黄色いオマルでしか用を足さない。夜もお気に入りの大きなぬいぐるみがなければ寝つくことができないのだ。

母はヘアカーラーを家に置いてこれず、父のパジャマも母のガウンも、絹の総飾りのついたスリッパまで持参している。

父は食堂でただひとり背広を着てネクタイをしめている。母がそれしか許そうとしないからだ。

食事がテーブルに並び、おいしそうな湯気をあげている。ウエイトレスは父にまた愛想よく振る舞っているが、きっと何か魂胆があるのだろう。一方、母は顔色も優れず、鼻水をぽたぽた垂らしている。首筋の血管が膨れあがっていて、髪の毛が目に入り、唇もがたがた震えている。そんな母がスープ皿の底にスプーンを沈めていく。

父は肩をすくめ、いつまでもウエイトレスに色目を使っていて、口に運ぶ途中でスープをこぼし、それでも啜《すす》ろうとして、空《から》のスプーンを前に唇をとがらせ、スプーンの柄まで口のなかに突っ込んでいる。そんな父の額はすっかり汗だくだ。

さっそく男の子がコップをひっくり返した。母のワンピースをつたって水が床に落ちる。さっそく男の子はスプーンを靴のなかに隠したし、さっそく花瓶の花をむしってグリーンサラダの上に振りまいた。

父の堪忍袋の緒が切れ、目は氷のように冷たい乳白色になる。母も目を大きく剥き、目つきは怒りにめらめら燃えている。この子は確かにあたしの子やけど、あんたの子でもあるのを忘れんといて。

母、父、そして男の子がビールスタンドの傍らを通りかかる。

父は歩く速度をゆるめるが、ビールを飲むなんて問題外、だめ、お話にもならへんわ、と母に言われる。

父は初日から日焼けして蟹のように赤くなった子供を憎たらしく思い、足を引きずるようにして歩く母もろとも後に残してさっさと行ってしまう。いちいち振り向かなくとも父には、どうせ今度の靴も今までの靴と同じく母の足にはきつすぎるし、そもそもこの世のどんな靴も彼女の足、とりわけ彼女の小指にとっては幅が狭すぎるので、小指がひん曲がり擦れて傷だらけになり、包帯が巻かれるしかないんだと分かっているのだ。

母は子供を引きずるようにして並んで歩かせ、部屋までの道のりと同じくらい長い言葉を囁くようにしゃべりつづける。ウエイトレスなんて娼婦と同じやないの、他人《ひと》の男に色目を使うばっかりで、この世に何ひとつまともなものを生みだせないクズばっかりやもの。すると男の子はわっと泣きだし、歩きながら棒立ちになり、ついには地面にひっくり返る。日焼けした彼の類のなかに、母の平手の跡がもっと真っ赤に浮き上がる。

母は部屋の鍵を見つけられず、ハンドバッグを逆さにひっくり返す。父は、母のてかてかに光る財布、いつもくしゃくしゃの紙幣、べとべとの櫛、例によって濡れたままのハンカチを見て、吐き気を催す。

しかし結局、鍵は父の上着のポケットに入っているのが見つかる、目に涙をあふれさせながら、母は身をよじってわあわあ泣きだす。

電球はちかちかと点滅をつづけ、建て付けの悪いドアはすんなり開かない、エレベータもすぐ止まってしまう。そのうえ父が子供をエレベータから降ろし忘れる。ことあるごとに母が部屋のドアを拳でがんがん叩かねばならない。

午後にはちょっと昼寝の時間。

父は汗だくになっていびきをかいており、父は腹這いになって顔を埋め、父は夢を見ながら枕を涎《よだれ》で濡らしている。男の子は上掛けを引っ張り、脚をごそごそ動かして、額に皺《しわ》を寄せ、夢のなかで幼稚園の卒園式の詩を朗読する。母は汚れの残るシーツにくるまり、漆喰に塗りむらが残る天井の下、磨き残しだらけの窓ガラスを前にして、目を開けたままじっと横になっている。椅子の上には彼女の手芸道具が載っている。

母が片腕を、背中を、襟を編む。母はボタン穴を襟に編み込んでいる。

母は絵はがきを書く。裏の写真は私たちのいるホテルです。泊まっている部屋の窓に×印を付けておきました。下の砂浜に別の×印が見えるでしょう、そこがいつも日光浴をするところ。朝早くに出かけるんです、いちばん乗りできるように、他の誰にもその場所を取られないようにね。

あの五月には

あの年の五月は何もかもが美しかった。

まずマス、いや、本物のマスはいなかった、しかし持ちあわせていた本のなかにニジマスが載っていた。姿が見えないマスたちが群れをなして泳ぎ回っていた。それにカモメも美しい灰色をして腹が空いたと鳴いていた、あんまり美しく鳴くので、絶対に鳴きやまないでくれ、と願わずにはいられなかった。

海は美しくも濁った波を立てていた。波が汚れていたのは土まで巻き込んでいたからだった。しかし海のなかでは土もきれいだった。土というよりもそれは泥でしかなかったからだ。

彼方では朽ち果てた美しい戦艦が集まって演習を行なっており、その煙幕が少しばかり恐ろしげだったが、それでも情景の美しさは格別だった。

砂浜には殻が割れて死んでしまった貝が無数に散らばり、貝の美しい白い身は苦痛にのたうちまわっていた。その痛みは見ているこちらにも伝わってきて心をしびれさせた。そのうえ、むき身は太陽の光にじりじりと焼かれてもいるのだった。

砂浜には海藻もいっぱい打ち上げられていた。死にゆきながら、冷たく濡れたままで、滑らかな白い靴底にへばりついては、こちらに美しい戦慄を覚えさせた。しかしそれを除けば、浜は美しくも荒涼として人影もなかった。

砂浜には枯れ枝も散乱していた。美しくもぞっとするような瘤《こぶ》がいくつもできていて、風が吹くたびに――そして風は止むことはなかった――震えだし、その今にも息絶えそうな枝は、本のなかで窒息こそしないものの、息絶えだえになっているマスにそっくりだった。しかしその様子には何とも言えない美しさがあった。

海中の魚たちは、砂浜まで近寄ってこないので、姿が見えなかったが、それでもその美しさは感じられた。

頭上で、森のなかで聞くような、枝がぶつかり合って折れる音がした。というのも砂浜はそれほどまでに美しくも荒涼としていたからだ。草むらは、ちょうど汗をかいた脇の下のように、饐《す》えた臭いをたてていた、風がとても美しく吹き荒れて草を飛ばし、太陽の美しくも強ばった顔の上にまき散らした。

売店では冷たいコーラが売られていて、瓶がいかにも美しかったし、一口飲むたびに美しくも背中じゅうがぞくっとした。海水浴用品が今ようやく陳列された。水着のブラがショーウインドウに美しくもどこか虚ろな風情で飾られていたし、麦わら帽は美しくも荒っぽい穴だらけだった。

つるつるした薄い紙の箱から麦わら帽を取りだす少女たちの手がきゅっきゅっと鳴った。彼女たちは若くて美しい。虚ろな表情のまま、異邦人のように物問いたげな微笑を浮かべたが、その様子も美しかった。美しい艶やかな髪を額に垂らしている娘がいた。新聞スタンドの娘の頬には美しい黒っぽいイボがあって、そこからは美しい黒い毛が一本生え出ていた。カフェバーの少女は五十の坂を越えていて、愛想の悪さが心地よく、それは彼女の顔に浮かぶ美しいしなび方にいかにもふさわしかった。そのうえ、卵を抱くツルやコウノトリの落ち着きなく苛立つ様子を何となく連想させられもしたが、それはそれで美しかった。

酒場にたむろする老いた漁師たちは美しくも落ちぶれていた。彼らの髭は乱れてくしゃくしゃで、食べ滓《かす》があちこちにくっついていたし、飲んでは美しい嗄《か》れた声で盗賊の歌をがなり立てたが、これほど美しい嗄れた声なら、もう歌をやめないでほしい、そう願わずにはいられなかった。彼らが歌に合わせてテーブルを美しくも汚れた手で太鼓のように打ち鳴らしたため、ついにはテーブルが海の上みたいに揺れはじめるのだった、その様子もまた美しかった。

爪から透けて見える彼らの指の血色はひどく老いを感じさせ、とても黒かったが、同時にとても美しいものだった。目には美しい明るい緑の目やにが浮かび、それは海中の海藻よりも潤いがあって涼やかだった。海のなかと比べて、目のなかの塩は硬く、さほど透明ではなかったが、その様子もまたいかにも美しかった。

漁師たちがたくさん飲むと、その目のなかで今日とったばかりの魚の美しい屍体が泳ぎだした、彼らの目はたくさん飲むことができ、たくさん嘘をつくことができたし、美しくも幸福だった。その目のなかを流れる魚の屍体にしても美しく幸福だった。そうだ、何より美しいのは海だった。

砂浜は海の延長にある場所のようで、その上に、海の美しい冷たい指先に身を任せるかのようにして寝そべってみた。仰向けに寝て、空を見上げた。雲に混じって美しいぬるぬるしたクラゲが無数に愛をかわし合っていて、そのせいで海が泡まみれになった。

海がとても大きな、とても美しい吐息をもらしたので、こちらの頭もくらくらさせられたが、仰向けに寝そべっているおかげで、よろめかずにすんだ。

砂がとても美しく寄せては返すように流れた。風のせいかと思ったが、風のせいではなかった、それもまた美しい情景だった。

愛し合った後で、美しいぬるぬるしたクラゲは共食いをはじめた、そして海は落ち着きを取り戻し、水面が赤く染まった。見わたす限り、水と血しかなかったが、それもまた美しい情景だった。

そして振り仰ぐと村があって、そこに行くには無数の階段を登らなければならなかった、階段は角ばっており、美しい灰色をしていたが、尖っていないところは踏み減らされただけだった、それもまた美しかった。

その階段を踏みしめ登って行こうとしたが、見る見るうちに階段がぼろぼろに崩れていった。

階段の横には錆だらけの郵便受けが取り付けられていて、ときどき風をまともに浴びた、その度に虚ろな美しい音色がなかの手紙から響き出るのだった。

それにしてもあの五月の黒海の浜辺では何もかもが本当に美しかった。

そうだ、忘れていた、君だってあの五月には美しかったよ。

もしかしたらまだ覚えていてくれるだろうか、ときどき何も書いていない絵はがきを黒海から送ってあげたことを。あの絵はがきも美しかったのだけれど。

道路清掃の男たち

町はどっぷりと空虚に浸りきっている。

一台の車のライトで私の目が轢《ひ》き殺されそうになる。

運転手が悪態をつく。真っ暗闇で私の姿が見えなかったからだ。

道路清掃の男たちが仕事にとりかかっているのだ。

男たちは街灯の電球や町の道路を片っ端から掃いていき、家や私の頭のなかも一掃するので住むこともじっくり考えることもできなくなる。私そのものも右の脚から左の脚まで掃き清められて影が薄くなり、歩くそばから一歩一歩の歩みが箒《ほうき》で払われゴミ箱に捨てられてしまう。道路清掃の男たちが箒に私の後を追わせる。ぴょんぴょん跳ねるやせっぽちの箒どもが追いかけてくる。私の体から靴が勝手に離れ、こつこつと音を立てながら逃げていく。

私は自分の後を追って歩く。水が縁からあふれ出るように、私は自分自身からはみ出していく。

すぐ隣で公園が吠え立てている。ベンチに置き去りにされたキスがフクロウの餌食になる。

フクロウは私には気づかない。藪のなかには、くたくたに疲れきった夢が身を寄せ合うようにしてしゃがみ込んでいる。

私の背中が箒に払い落とされてしまう。というのも私が夜にもたれかかりすぎていたせいだ。

道路清掃の男たちは夜空の星を掃き集め、ちりとりに入れて運河にぶちまけていく。

男たちのうち一人がもう一人に何事か呼びかけ、そのもう一人が別のもう一人に、さらにそれがまた別の一人に、とどこまでも続いていく。

今や道路清掃の男たち全員が好き勝手にわめきだして、あちこちの道路がてんやわんやの状態だ。私は喚声のなか、怒号渦巻く泡のなかを通り抜けていく、そして壊れてしまって、意味の底の底へと落下していきそうになる。

歩幅を広げる。一歩踏み込むたびに、力ずくで脚を引っ張り上げなければならない。

道路は掃くだけ掃かれてすっかり消えてしまった。

箒が追いかけてくる。

上下をひっくり返したような騒ぎになる。

町は気が狂ったように荒れ野を駆け巡り、いずこともなく姿をくらます。

意見

昔むかしあるところに一匹のカエルがおりました、とびきり大きな濡れた目をしていました。カエルはある企業で働いておりました。エンジニアでした。上司にも現場の労働者にもあまり好かれてはいませんでした。カエルはいつでもどこでもある意見を持っていました。この意見のいちばん悪い点は、それが他の人々の意見とはつねに異なる自分自身の意見だということでした。他の人たちの意見とはエンジニア長の意見にほかならず、エンジニア長の意見は部長の意見であって、さらに部長の意見は局長の意見であり、そして局長の意見は大臣の意見にほかならないのでした。

そして大臣が局長に言い、局長が部長に言い、部長がエンジニア長に言い、エンジニア長がエンジニアたちに言い、それからエンジニアたちが現場の労働者たちに言いました。何をかって？　意見、それも正しいとされる意見です。そうなると、正しい意見はこう言いました。間違った意見とは存在するもののなかで最悪のことだし、間違った意見は何の意見も持たないよりもさらに悪い。間違った意見は無意見とは比べものにならない、というのも無意見はそれでもやはり意見なのだし、それもたくさんの人たちの意見、それどころか正しい意見でさえあるのですから。

そのうち部長がカエルを呼びつけました。そして部長はカエルに長い煙草はどうかねと勧めました。そうしながら笑みを浮かべました。それから部長はウィスキーを一杯どうかねと勧めました。そしてカエルに親愛なるご同僚よ、と呼びかけました。そうしながら部長は笑みを浮かべました。それから部長は意見のぐあいはどうかね、と尋ねました。するとカエルが微笑みました。そしてカエルは自分の意見は相変わらず自分の意見ですと答えました。すると部長は、カエルの意見はすると相変わらずカエル自身の意見なのだね、と力を込めて言いました。そしてウィスキーの瓶は机の引き出しに片づけてしまいました。それから唇を真一文字に結びました。そしてカエルに「おい、同志よ」と語りかけました。それから部長は、そんなふうだと、もはやこのままではすまんぞ、このままでは、もはやそう簡単にはいかんぞ、このままだと、ひどく面倒なことになるぞ、と言いました。それから部長は長い煙草を吸いました。それから眉をひそめました。そしてこう言いました、同志がとても読書家なのは知っているが、しかし実人生では本のようには事が運ばないし、実人生では、つまり実際の運用では、残念ながらいつも話が違ってくるんだよ。するとカエルは肩をすくめました。部長は毅然とした目つきになりました。そして、本来は他人《ひと》から受け継いだどんな意見も自分自身の意見なのだよ、と言いました。それから部長は、自分自身の意見を持つためには、他人《ひと》の意見を正しく我がものにするということが肝心なんだ、と言いました。それから部長は、そもそもどんな自分自身の意見であっても、自分の心にだけとどめておけば、いくらでも取り替えられるじゃないか、と言いました。するとカエルが頭を横に振りました。そして両手を机から引き離しました。そしてカエルは、言葉にされなければ、意見は意見じゃありません、と言いました。すると部長は肘をテーブルにつきました。そしてこう言いました、それは根本的に間違った考え方だ、しかしにもかかわらず事態がこのままなら、にもかかわらずこのままなら、私は同志をあきらめるしかない、専門家としての能力は認めるがね。そして部長は、気象観測所の職が空いているが、どうかね、と勧めました。

こうしてカエルは、ハシゴに登れば晴れ、登らなければ雨になると言われるアマガエルになりました。そしてアマガエルとして一日中、町の上を流れる雲の上に座っておりました。そして雲に乗ってラジオで天気予報を聴きました。カエルは雨のなかに立って、ずぶ濡れになりながら、ラジオが今日はいい天気です、明日も穏やかな天気になるでしょう、というのを聴くのでした。

すぐにカエルは天気予報は嘘つきだと言いました。すると他のアマガエルたちは肩をすくめて、黙って町を見下ろすばかりでした。

やがて気象観測所の部長がカエルを呼びつけました。気象観測所の部長はカエルに、天気というのはそれほど単純ではないし、天気は単に天気なのではない、と言いました。するとカエルは天気に関しては嘘ばかりがまかり通っている、と言いました。それに対して部長は、カエルは結局のところ専門家ではないんだ、と言いました。

それから気象観測所の部長はカエルを町はずれに漂う真っ白な雲の上に送り込みました。カエルはたった一匹で白い雲に乗っていました。すると白い煙が湧き起こってカエルの靴を飲み込んでしまいました。それでもカエルは町を見下ろしました。すると今度は白い雲が大きく盛り上がったかと思うと、そのままカエルをまるごと飲み込んでしまいましたとさ。

インゲ

——ある視学官に捧げる

インゲが朝八時にカーテンを開けると、兵士の一団が道路を行進しているのが見えた。緑の制服の兵士たちは顔まで緑色をしていた。顔つきに丸みのあるところは少しもなく、げっそりとやせて、頬も落ちくぼんでいた。その兵士たちには太った緑の男が付き添っていて、「左右、左右、左右」と号令をかけていた。太った緑の男は緑の大きな毛穴ばかりが目立つ浮腫《むく》んだ顔をして、目のまわりにも緑色の隈ができていた。町の様子がどうなっているか知ろうにも、兵士の腕と脚の間からうかがうしかなかった。

乱れたベッドを整えると、それはインゲには墓穴のように見えた。毛布をその上に掛けてみた。今度は棺になった。部屋の窓は水槽のガラスとなり、部屋は水中に沈んでしまった。椅子の背もたれに掛かっている服はインゲの服、彼女が毎日着ている服だった。椅子の背もたれに掛かっているのは制服ばかりだった。インゲはまるで気の狂った大きな魚のように、手の代わりにぎょろ目を使って四方の壁を探っていった。やっとドアのありかを見つけると、彼女は部屋から飛びだした。

歩道に出ると太陽がインゲの髪を焼いてもじゃもじゃにした。短足でしわくちゃの服を着た太った女たちが、インゲのそばを押し合いへし合いするようにして通り過ぎた。そして商店のドアのなかに消えていった。見た目は全く同じなので、もしかしたらさっきと同じ連中かもしれない、別の女たちが商店から出てきて、買った物を重たそうに抱えながら歩いていった。彼女たちの買い物籠は大きな袋のように見えた。首は肩甲骨の間にめり込んで太く赤く膨れあがっていたし、背中は丸まっていた。

空はインゲが両足で立っているアスファルトと同じアスファルトの平面に変わっていた。インゲは、空も歩道になってしまったので、逆立ちして歩かねばならなかった。そうするうちに腕と足を挫《くじ》いてしまった。道路脇に木が一本立っていて、その幹が彼女の頭を突き破ったかと思うと、口からは長い枝が飛び出てきた、そしてその葉の重なりのなかに彼女は自分の胃のぐうぐう鳴る音を聞いたのだった。インゲの頭がくるりと回転して横向きになった。それからまた頭が上の姿勢になった。飛び交う白い蝶を青紫色の地にあしらった夏服の女が、インゲの方に近づいてきた。手には真っ黒なバラの大きな花束を抱えていた。女はインゲに時刻を尋ねてきた。インゲが答えるあいだに、女は真っ黒なバラの花束を、まるで花瓶に生けるように、インゲの首に挿した。そして周囲を回りながらインゲの姿をじっと見た。それから、首の深さが少し足りないので、バラがやや浮かび上がりすぎているが、バラはきれいだしインゲにもよく似合っている、と言った。そして声を上げて笑った。笑いに身をよじり、顔をゆがめた。蝶の白い群れが女の夏服から飛び立った。糸目が見える夏服には、ぽっかりと穴が開いたような空白が残った。たくさんの蝶に逃げだされて、すっかり軽くなってもいたので、服は風にぐいぐいと引っ張られた。女はもう行かなきゃ、と言った。インゲには血のように赤い爪をした女の足の指が輝くのが見えた。女は左と言って、一歩踏みだし、今度は右と言ってもう一歩を踏みだした。そして街角を曲がって姿を消した。インゲの耳には、女のサンダルがかたこと鳴り、女の声が「左右、左右、左右」と言うのが聞こえてきた。

インゲは真っ黒なバラの花束を首に挿したまま道路脇に立っていた。白いフランス菊の花束を抱えた男がインゲの方に近づいてきた。インゲはその顔に浮かぶ両眼がすっかり死んでいるのを見て慌てて逃げだした。

インゲが視学官事務所の廊下を歩いていると、自分の靴がかたかた鳴って「左右、左右、左右」と言うのが聞こえた。視学官事務所は階段の吹き抜けにあった。踏み登ろうとする階段には深い亀裂が走っており、インゲは、この亀裂の恐怖をじかに肌で感じずに、後でまた降りてくるにはどうすればいいのか、見当もつかなかった。廊下の壁は御影石でできており、皮膚病のような大きな明るい色のシミがたくさんできていた。

視学官は灰色の重たそうな頭をしていた。その上半身だけが黒っぽい机の向こうにじっと座っていた。机はぴかぴかに磨き上げられ、ぎざぎざした黒っぽい葉っぱの観葉植物を映しだしていた。そして本物の観葉植物はじっと動かずにいたのに、机に映る影は震えてばかりいた。

視学官が「名前は」と言った。深みのある声だった。きっととても深い喉をしているにちがいなかった。視学官が「住所は」と言った。彼の首は長かった。視学官が「前職は」と言った。彼の首が傾《かし》げられた。視学官が「いつまで?」と言った。彼の頭の右半分が左半分より重たげになった。視学官が「それからは?」と言った。声が彼の首の長さ以上に深みのあるものになった。まるで胃の奥で発せられたかのように、くぐもって聞こえた。要するに、企業、つまり機械工場で翻訳者だったわけだね。視学官の上半身は影となって背後の壁に吊り下がっていた。影の方が視学官の上半身そのものよりも細くて長かった。白い骨のような二つの手が調書を持ち上げ脇にずらして、そのままその下に置かれた。そうだとすればその企業はもうあなたに対して何の権限もないはずですね。しかし視学官は教育省の所管なんですよ。教育省は企業に対しては何の権限もありません。企業は機械産業省の管轄だからです。視学官の影が縦に伸びた。梨の形をした影の頭が天井に届いたと思ったとたんに、ひっくり返った。影は頭の方から下に落ちていって視学官の頭に重なった。視学官は身をすくませた。両手を調書の下から引っ張りだした。指は毛深く黒い毛に覆われていた。企業は機械産業省に相談できるはずなんですがね、企業は機械産業省の管轄なんですから。視学官は靴底で絨毯を小刻みに踏み鳴らしはじめた。踵が黒い木の葉《こ》模《は》様の上にちょうど置かれていた。視学官事務所から機械産業省に話を持っていくわけにはいかないんですよ、視学官事務所は教育省の管轄なものですからね。機械産業省は、あなたが企業に掛け合い、それから企業が機械産業省に話を持っていった後でなら

――視学官は両手で宙に大きな円を作り、指先をくっつける――、教育省に話を持っていくこともできるんですがね。つまり、視学官事務所は、掛け合うことのできない省庁に対しては絶対に話を持ち込めないいんです。視学官は腕を曲げた。視学官事務所と機械産業省との間にはいかなる接点もないわけなんです。機械産業省は教育省に話を持ち込めます。つまりです、視学官事務所も教育省には掛け合えるんですがね、でも視学官事務所が教育省の管轄である以上は、そんなことをしても何の意味もありはしないんですよ。視学官は椅子から立ち上がった。椅子の背もたれに書棚が映った。窓ガラスにいるもう一人の視学官は、扁平な頭をしていた。その顔の上で輝かんばかりの緑のアカシアの葉が震えた。彼の鼻は赤らみ濡れたようになっていた。視学官は大きな茶色のハンカチで汗を拭き取った。そして意味のないことをすることほど意味のないことはありません。そんなわけで、こんなことをしても時間の無駄になりますよ、と申し上げるんです。そんな暇があれば、その間にもしかすると一時しのぎの仕事が見つかるかもしれないでしょう。よそで思うようにいかなければ、私どものところでいずれ何とかなるかもしれません。ええ、分かっておりますとも、あなたには時間がない、時は金なりです、しかし、待てば海路の日和《ひより》あり、とも申しますでしょう。ですから、もしお時間が許せば、ときどき視学官事務所にお寄りください。視学官は絨毯の縁の赤い花模様の上に立っていた。彼の踵はばっさり切り落とされていた。時がたてば私たちの権限も変わるかもしれません、もっとも、そんなにあっさり変わるはずがないとは私も思いますがね。窓ガラスの視学官が姿を消した。暑い外気のせいで窓ガラスのなかが虹のようにほのかに燦《きら》めいた。視学官は書棚の横に立った。それでは、すでに申し上げたように……、従いまして……、にもかかわらず機械産業省が…、というのもあなたが……、企業が……した後に、つまりはこの間に……、職を……、そうではなくて、あなたのものであった……、そして機械産業省が、残念ながら……、その間に……、つまり教育省が従いまして……、企業によって……、一方で視学官事務所はこの間に職を……、あるいはあなたに、そして機械産業省は従いしまして……企業によって……そのとき以降、そうであるならば、……決して権限がないということになりますが……。

廊下に出ると、壁の御影石のシミは縮んですっかり小さくなっていた。流れだしてしまったのだ。インゲは自分の口からバラの腐ったような臭いがするのを感じた。表に出ると、門の脇に唾を吐いた。

三人の警官がインゲの前を並んで歩いていた。彼らは歩道と同じだけの幅を占めていた。真ん中の男が一番太っていて、後の二人より半歩先を行っていた。

市電がインゲの頭のそばをうなりを上げながら走りすぎた。通過した後は送電線が空中でぶんぶんと震えた。線路は何事もなかったかのように平然として、先の方で建物に紛れ込むように消えていた。

インゲは平坦な緑の公園を通り抜けていった。歩きながら目を閉じると、緑の兵隊がたくさん公園にたむろしているのが見えた。木々は大きな輪を描くようにして立ち並んでいた。公園の出口ぞいの道は生い茂る草木に覆い隠されていた。空も材木が乱雑に積み重なったようだった。材木は節《ふし》くればかりで、無数の拳を突きだしていた。インゲは悲鳴を上げた。しかし悲鳴は声にはならず、喉に詰まって彼女をもがき苦しませた。インゲは慌てて駆けだした。

交差点では警官が警笛を鳴らしていた。アスファルトの上に仁王立ちになっていた。待たされた車が長い渋滞を作っていた。警官は長くて白い手袋を宙に突き上げた。その手袋は膝のようにも見えた。警官がまた警笛を鳴らした。渋滞の車がゆっくりと動きはじめた。回りだしたタイヤは灰色の埃にしか見えない。警官の白い手袋は町の上空に向けてまっすぐ突きだしたままだ。

インゲに向かって乳母車を押してくる男がいた。子供はおしゃぶりをくわえ、口のまわりを涎《よだれ》でびしょびしょにしていた。顎にはおしゃぶりの大きな青い輪っかが引っかかっていた。男は「左右、左右、左右」と号令をかけていた。乳母車の車輪は細いスポークをきらきら輝かせていた。しかし乳母車と見えたものは車椅子だった。男の靴はきらきら輝く車輪に挟まれながら、アスファルトの上を進んでいった。

インゲの目は一度頭のまわりをくるりと一周したかと思うと、じっと動かなくなり、瞳孔が内側に向けて裏返ったかのようになった。自分の住む団地の建物が路上に駐車する車列の向こう側に立っているのが見えた。屋根の上にはアンテナが指のように無秩序に突きだしていた。

インゲは部屋のドアを閉めた。ドアを見つめているうちに、自分の背後にドアがあるような気がしてきた。インゲはテレビの電源を入れた。画面が青白い冷たい光を彼女の手に投げかけた。ベッドはまた棺のように見えた。インゲはベッドにごろりと横になった。テレビは何も映しださずに雑音を立てるばかりだった。インゲは画面に奥行きが出てくるまで、じっと眺めていた。画面の奥に小さな燃え上がる点が見えてきた。インゲは自分の部屋のテレビ画面を見ていた。インゲはインゲの部屋にいるインゲがインゲのベッドに寝そべっているのを見た。インゲは画面のなかのインゲがテレビ画面を見ているのを見た。インゲはテレビ画面のなかのインゲのベッドの下にくしゃくしゃに丸められた紙を見つけた。インゲはベッドの下に手を伸ばして、テレビ画面のなかでインゲがインゲのベッドの下に手を伸ばすのを見た。インゲはテレビ画面のなかのインゲが紙をなでて皺を伸ばしているのを見た。紙には「倒立」という言葉が書いてあった。

インゲは画面のなかのインゲが倒立するのを見た。

ヴルッチュマンさん

ヴルッチュマンさんは鶴嘴《つるはし》のように尖った鼻をしている。朝、それは目覚ましもかけないのに毎朝同じ時間なのだが、目を覚ますと——男子たる者、血のなかに時間厳守の精神を持っとらないかん、とヴルッチュマンさんは言う——ヴルッチュマンさんはすぐに鼻に手を伸ばす。ヴルッチュマンさんは、年齢を尋ねられるたびに、働き盛りと答えることにしている。何年も前からヴルッチュマンさんは「働き盛りや」と答えるか、「歳なんか自分の体に聞けばええんや」とか「少なくとも国道よりは若いわ」などと答えている。そしてヴルッチュマンさんが年齢の話をするときはいつも、自慢げに力を込めて筋肉を盛り上げて見せるので、額と首筋の血管が太く膨れあがる。ヴルッチュマンさんが年齢の話をするときはいつも、時代がもはや、彼の時間を犠牲に捧げるほどの価値をなくしてしまったと残念がるのだ。時代がばらばらにほどけてしまったとしか思えんわ、とヴルッチュマンさんは言う。時代がだらけてしもて、息すんのも忘れて熱中できるようなことは何も起こりよらん。もう誰も時代のなかには生きとらへん、何しろ時代はもうわしらのことなんか知らん顔なんやから。そろそろ時代が変革されないかんわ、とヴルッチュマンさんは言う。いよいよその時が来てるはずやで。

ヴルッチュマンさんは第二次大戦の頃を思いだす。あの頃はまだ時代がしっかりとしとった、とヴルッチュマンさんは言う。誰もがまだ自分の人生を生きておった。みんなただ死んだんやない。おのれの人生を全うしていきよったんや。誰でも自分の人生を賭けることができた。ぶらぶらと成り行きまかせに生きとる奴なんかおらんかった、とヴルッチュマンさんは言う。もちろん、愚かすぎて生き延びられへん連中もたくさんおったわ、自分たちの身を置く時代がどんなに波乱に満ちたものか、理解できへんかったんやなあ。時代に合わせて動くことができへんかった。柔軟性がなかったんや、とヴルッチュマンさんは言う。この時代のためには、自分が現にしていることは命がけでやらなあかんし、現にしていないことは命を賭けてもやらんもんやということが理解できへんかった。ともかく一に私、二に私、三、四がなくて、ようやく五に他人がくるんや。きょろきょろまわりの様子をうかがっとる場合やない、ともかく決然と前進あるのみや。そして銃をぶっ放す、敵に撃たれる前にとにかく三発ぶっぱなすんや、とヴルッチュマンさんは言う。戦友なんか知ったことかいな、そんなん助けてやろうとしたら自分がやられてしまう。女も知ったことやない。どうせいいように利用されて、おのれのことに気持ちを集中できんようになってしまうやろ。他人のことなど気にしてられへん。気持ちをともかく物事に、一つ事に集中させるんや、とヴルッチュマンさんは言う。物事はつねに物事やからな。物事は決して人間みたいにはならへんし、こちらを裏切ったりもせえへん、とヴルッチュマンさん。タイミングを間違えずに正しい物事に向かう、これが何よりも大事なことや。

女なんぞに興味を持ったことは一度もないわ、とヴルッチュマンさんは言う。戦争では女なんて何の役にも立ちやせん。時代の流れのことなんか、歴史の本質ことなんかちっとも分かっとらんのやからな。女っちゅうのは気持ちをいつも誰か一人の人間に向けるばかりで、物事に向けたりはせん。そして、とヴルッチュマンさんは言う、男たちを危険に、命の危険に陥れるんや。男らしさや男気が駄目にされてしまう。男のままでいたければ、いいか、女なんか殴り飛ばしてやらんといかん。歴史の主導権を握ってきたのはいつも男やったやろ。それは今日でも変わっとらん。しかしわしらには規律がなくなってしもうた、とヴルッチュマンさんは言う。古き良き時代には死刑制度があった。何もかも自然死に委せるようになってからというもの、誰も法なんか尊重せんようになってしもうた。かつては大事なことにはそれぞれ一目置かれる法があった。今じゃあどんなに大事なことも大事ではのうなってしもうた。今ではどうでもいいことに重要な法が、大事なことにどうでもいい法が適用されとる。世界の規律ががたがたになってしもうたんや。指導者になるようなタマがおらんやろ、とヴルッチュマンさんは言う。どこに行ってもそうや、こんな小さな村におったって分かるわ、とヴルッチュマンさんは言う。

ヴルッチュマンさんは何年も前から人形芝居に凝っている。人形芝居は、わしの人生において意味のあるものがことごとくそうやったように、戦争に教えてもろたもんや、とヴルッチュマンさんは言う。ヴルッチュマンさんはしゃちこばって所定の位置につき、片手を敬礼のために掲げ、ハイルと言い、目を細める。その薄目の間を敵の車両が通過する。ヴルッチュマンさんは、敵車両が爆発し、敵兵たちの体が木っ端みじんになって血の海のなかに散らばっているのを思い浮かべる。ヴルッチュマンさんは得意満面でしばらく石のようにじっと動かなくなる。胸がふいごのように大きくなったり小さくなったりしている。この事件が起きたのが、芝居の上演前なのか、上演中なのか、上演後なのか、ヴルッチュマンさんには分からなくなっている。彼はしゃちこばって、占領された町の通りに出て、ある家の前に立ち、片手を敬礼のために掲げ、ハイルと言い、目を細めて、家が爆発する様子を思い浮かべる。家が爆発する。人形芝居や、とヴルッチュマンさんは叫んで、歓喜のあまり体を震わせる。戦争には負けてしもうたけどな、それはドイツの兵隊が人形芝居をようせえへんかったからなんや、とヴルッチュマンさんは言うのだ。

わしは死にものぐるいで何とか死を免れ、生き延びることができたんや、とヴルッチュマンさんは言う。敵の前でも自説をまげんかった。今までの人生で相当ひどい目にも遭《お》うてきたけど、ともかく自分の意見を貫き通した。その大切さを教えてくれたのは、わしの人生で意味のあることがことごとくそうであったように、戦争やったんや、とヴルッチュマンさんは言う。

戦争は人生の学校なんや、とヴルッチュマンさんは言う。ヴルッチュマンさんはあれこれたくさん考えているのだ。

ヴルッチュマンさんの言うことはいつも正しい。ヴルッチュマンさんが何かを主張するとなると、それが正しいと認められるまで話を止めない。誰と対話をしても、対話が長くなればなるほど、ますますヴルッチュマンさんの言う通りという結果になる。わしが言ったことをあんたもまあよく考えてみてくれや、わしの言う通りだときっと分かってくれるはずやから、とヴルッチュマンさんは言う。どうや、このたびもわしの言った通りやったやろ、とヴルッチュマンさんは言う。

なんちゅう青っちろいこと！　青くさいことを言わんといてくれ、とヴルッチュマンさんは言う。だいたいあんたに何が分かる！　何ひとつ知らんくせに。まだ何も身をもって体験したこともない。しょせんあんたは読んだ本を生きとるだけやないか。人生経験など何もない。まださして生きてもおらんし、そのうえ何も起きないしょうもない時代に生きとるんやから、そう簡単に何とかなるもんかね、とヴルッチュマンさんは言う。

あんたは弱い人じゃ、とヴルッチュマンさんは言う。何から何まで面と向かって本音を言われることに慣れとらん。それでもなあ、わしらはよい友人じゃ、あんたとわしとは、な。あんたは弱い。それでも弱い人間もおらんといかんのや、とヴルッチュマンさんは言う。そもそも弱いやつの方がうまくやれる。自分がどんなに弱いか、あんたにはちっとも分かっておらん。けどあんたは弱いから、敵の前であっても、がんばり通さんですむんや、とヴルッチュマンさんは言う。

ほんまに腹立たしいが、あんたはほんまに何もせんでええんやからなあ、とヴルッチュマンさんは喚くのだ。

黒い公園

――リヒャルトに捧ぐ

団地に閉じこもる、長方形の部屋に閉じこもり、強風があちこちのドアをこじ開けていく音に聞き耳を立て、どれかのドアがいっこうに閉まらないとなれば、それだけの理由で誰か来てくれたのかと耳をそばだててしまう。

きっと誰かが来てくれるっていつも信じている、でもいつの間にか日も暮れて、そんなお客を迎える時間はとうに過ぎてしまう。

まるで巨大なボールが部屋に押し入ってくるかのように、カーテンが風で膨れあがる様子をいつも眺めている。

そこここの花瓶に花が大きな束にして挿してあり、それらを合わせてみれば、こんがらがった藪になるほどだ。それらは息を飲むばかりに美しくて、しかもまさに乱雑を極めている、ちょうど人生そのもののように。

あるいは、この人生を相手にして味わわされる苦労そのもののように。

昨日から絨毯の上に置いてある酒瓶の山、それを跨いでいく。タンスの扉も開きっぱなし、墓穴のなかのように洋服が並べられている。見るからに空疎で、それらを着るべき人ももうこの世にはいないとしか思えない。

秋、それは公園の野良犬のための、十一月のサマーガーデンを会場にした遅すぎる婚礼のための季節。そんな婚礼には、人からの借金、炎のように赤い大輪の花、そしてオリーブに刺さった爪楊枝《つまようじ》が付きものだ。

一帯には借りた車に乗った花嫁が、町にはチェックのベレー帽を被った写真屋があふれかえる。花嫁たちの衣装の裏でフィルムが切れる。

青い目をした憂い顔のお嬢さん、こんな早朝から、こんなにもたくさんアスファルトを踏み越えて、どこに出かけるつもりだい。もう何年もずっと黒い公園を通り抜けてばかりいるなんて。やっと夏が来るわ、と言ったときも、君は夏など信じていなかったじゃないか。それなのに今頃になって秋について語ろうというのかい。ここが命の通わぬ石ばかりの町ではないとでも、いつか本物の木の葉がしおれる日が来るとでも言いたいのかい。

君の友人たちも頭を影だらけにしているし、君がどんなに深く悲しんでいるかにも、とうに気づいている。そしてそれに慣れようとし、辛抱してもいるんだ。どうなろうと君は君なんだもの。何が問題になろうと、たとえ敗北が問題になろうと、まだ何かできることがあるんじゃないか。不安に抵抗する助けになるのがワイングラスのなかの不安だけで、だから酒瓶ばかりがどんどん空いていくんだとしても、でもまだほかにも何か助けになることがあるんじゃないか。

　やつらの笑いが高笑いとなり、やつらが笑いに身をよじり、そして死ぬほど笑いつづけようとも、それでもまだ何か助けになることがあるんじゃないか。ともかく僕たちはまだ若い。独裁者が一人また打ち倒されたし、マフィアがまた誰かを殺した。そして今イタリアではテロリストが臨終の床についている。

　だからねえ君、怖いからって、酒ばかり飲んでちゃいけない。グラスをちびちびやっている君のざまはどうだ。まるでまともな人生を生きられず、この社会というくだらないけど、それ以外には選びようがないものに、なじめないでいる女たちと何の違いもないじゃないか。しかも自分自身にさえなじめないでいるんだからな。

　みなが自分の身も守れないでいるなら、いったい何が変わりうると言うんだい。

　君の目は腑抜けのようだ。気持ちまでも、はらわたを取られた抜け殻みたいになっているじゃないか。君のことがいたわしい、ねえ、本当に何とかしっかりしてくれよ。

仕事日

朝五時半。目覚ましが鳴る。

起き上がり、服を脱いで、それを枕の上に置き、パジャマに着替え、台所に行き、浴槽につかり、タオルをとって、それで顔を洗い、櫛《くし》をとって、それで体を拭き、歯ブラシをとって、それで髪を梳《と》かし、浴用スポンジをとって、それで歯を磨く。それから浴室に行って、一枚の紅茶を食べ、一杯のパンを飲む。

腕時計と指輪をはずす。

靴を脱ぐ。

階段に出て、それから部屋のドアを開ける。

エレベータで六階から二階に下りる。

それから階段を九段上って、道路に出る。

食料品店で新聞を買い、それから停留所まで行ってクロワッサンを買い、そして、新聞スタンドに着くと、市電に乗り込む。

乗り込む三つまえの停留所で降りる。

門番の挨拶に応え、すると門番が挨拶して、また月曜日がきた、と言う、とするとまた一週間が終わったのだ。

事務所に入り、さようならと言い、ジャンバーを机に掛け、コート掛けに向かって座り、仕事に取りかかる。これから八時間働くのだ。

原註

『澱み』は一九八二年にブカレストのドイツ語出版社クリーテリオンで最初に出版された。続いて一九八四年にベルリンのロートブッフ社版が出て、これはその後も版を重ねられた。このロートブッフ版では四つの章（「あの五月には」「意見」「インゲ」「ヴルッチュマンさん」）が削られたし、各章の中でも削除が行われ、章の配列も変えられた。本決定版のために、かつて削除された章が再びはめ込められた。テキスト全体がもういちど作者自身によって見直され、訂正が加えられた。その際に、一九八四年の削除箇所も全体にわたって再検討され、なかには復活させたものもある。

訳者あとがき

作家にとって、自分の技量の高さを見せる作品と、ともかく何が何でも書かずにはいられない作品があるのだとすれば、「故郷喪失の風景」を「濃縮した詩的言語と事実に即した散文」で描いたという理由で二〇〇九年のノーベル文学賞を受賞したヘルタ・ミュラーがほぼ三十年前に書いた最初の作品集『澱み』はまさに後者にあたる。

ルーマニアの独裁制が強化された一九七〇年代末にティミショアラの工場に技術翻訳者として勤務していたミュラーは、秘密警察（セクリターテ）への協力を拒んだがために、ある日とつぜん職場から自分の机や椅子が片付けられ、入室まで禁じられるという壮絶な「いじめ」にあう。しかも、よりによって秘密警察のスパイだという噂を流されることで仲間のなかで完全に孤立させられ、ついには辞職を余儀なくされる。それに追い打ちをかけるように父親の死が見舞う。このような絶望の果てから生まれたのが本書なのである。

「もう自分を保っていられず、この世界に自分が確かに存在するという証を求めずにはいられませんでした。こうして、私はそれまでの人生について書き始めました」（「ノーベル賞受賞後のインタビュー」『すばる』二〇一〇年二月号　浅井晶子訳）

しかも原稿は足かけ四年もブカレストの出版社で放置されたあげく、ようやく八二年に出版にいたるが、これは検閲によってずたずたにされ、もはや原型をとどめていなかった。その後八四年にベルリンで出た新版は、シュピーゲル誌で絶賛されるなど成功を収め数々の文学賞に輝いた。ミュラーによれば、いつ闇から闇に葬り去られてもおかしくない状況のなかで——彼女の親友であった詩人は偽装自殺で葬り去られたらしい——、文字通り彼女の命が救われたのは西側で高い評価を得たおかげだった。西側メディアの注目を浴び始めた作家に対しては、さすがのセクリターテもも簡単には手が出せなくなったのだ。

ちなみに、本訳書の底本には、原著出版社の註にもあるとおり、作者の意図に反した修正やカットがなされていたベルリン版を全面的に改訂したハンザー社の決定版 Herta Müller, Niederungen. München (Hanser) 2010 を用いている。

作家について

さてそのヘルタ・ミュラーの略歴だが、セクリターテに迫害を受けた大きな理由にドイツ系少数民族の出身として危険視されたことがある。民族が入り交じり国境が何度も引き直された東欧の特殊な事情があるので、歴史的背景を少し詳しく紹介しておく。もっとも、これを知ることが作品を読む上で必須の条件ではないこともあらかじめ付言しておく。

ヘルタ・ミュラーは一九五三年、ルーマニア西部のティミシュ県（県都はティミショアラ）の農村ニッキードルフに生まれた。一八世紀にドイツ西南部シュワーベン地方から入植してきた農民の末裔である。生まれた村は、本書のなかでも「シュワーベン人」と呼ばれているドイツ人ばかりが住む村で、使用言語も当然ドイツ語であった。どうしてルーマニアにドイツ人の村があるのかと不思議に思われるかもしれないが、歴史を繙《ひもと》けば、ハンガリー平野の東端に位置し、南をドナウ川、東北をカルパチア山脈の支脈に接するこの地域は古来「バナート」と称され、現在でこそルーマニア、ハンガリー、セルビアの三国に帰属が分かれているが、もともと第一次大戦まではオーストリア帝国領として地域的統一性を保っていたのである。

いわゆる「バナート（またはドナウ）＝シュワーベン人」は、帝国没落後もルーマニア領に残ったドイツ系住人のなかで、トランシルヴァニアの「ジーベンビュルゲン＝ザクセン人」とともに、二大勢力をなし、一九四〇年にはその数約三十五万人にのぼった。ドイツ人としての民族的矜持あるいは民族的優越感を維持して、他民族と交わらず純血主義を貫き、本国のドイツ語とは多少ずれたドイツ語も純粋培養していた。ここまでは離れ島のようになった少数民族が取る方途としては必ずしも珍しくはない。ところが、ルーマニアが枢軸国側についた第二次大戦が事態を一変させる。ルーマニアのドイツ人たちは、失地回復の名目のもとになされたナチの東欧侵略の先兵役を務めることになるのだ。特に、その残虐さで悪名高い武装親衛隊に五万人以上が動員されている。その一方で、戦争末期にはルーマニア政府が黙認するなか、ソ連軍によって何万もの若者たちがラーゲリに強制連行されるという悲惨を体験してもいる。ミュラーの父親も武装親衛隊員だったし、母親もラーゲリ抑留体験者だった。その事実は、本書のなかで描かれる、酒に溺れて軍歌をがなる父とフラッシュバックに襲われて何かというと涙ぐむ母の姿に取り込まれている。他民族が入り乱れる地域で、彼らドイツ系少数民族は国家と民族にむごくも翻弄される運命にあったのであり、その運命がその子供たちの幼年時代にも暗い影を投げかけたであろうことは想像に難くない。

このような歴史的背景のもと、「民族」に対するミュラーのスタンスは微妙なものにならざるをえない。通常ならば、マイノリティにはその出自を根拠に、ヘゲモニーを握る多数派に対して抵抗する道がある。ところがルーマニア＝ドイツ人の戦後世代は、ナチ時代の人種政策のために、「民族」を表に出して主張するのがたいへん難しくなった。そして、何事もなかったように昔の生活スタイルをつづける親世代に対しては嫌悪を抱くほかなかったのだ。その意味では、すでに故郷すら故郷でなくなった状況のなかでミュラーは創作している。ノーベル賞の授与理由にある「故郷喪失の風景」とは、直接には独裁制によって故郷を追われた事実を指すと考えられようが、同時に故郷そのものの変質、つまり歴史的経験ゆえにもはや素朴に「故郷」を根拠に持ち出せない現実をも指し示している。

一九七〇年代前半にミュラーはティミショアラ大学で文学を専攻した。その頃といえば、後に独裁者となるチャウシェスクが、六八年のプラハの春に際してワルシャワ条約機構軍への派兵を断るなど、ソ連とは一線を画した自主路線を展開し、西側との交流も積極的に推進した時期に当たる。このほんのつかの間差し込んできた自由の薄日のなかで、ミュラーらは西側における六八年のカウンターカルチャー運動を、遅ればせながら、しかしそれだけ集中的に吸収し、その問題意識を共有した。特筆すべきは、この過程でアメリカのビート世代やオーストリアの言語実験的な「ウィーン・グループ」など西側のモダニズム文化の洗礼を受けたことで、やがて夫（後に離婚）となるリヒャルト・ワーグナー（このようにドイツの文化英雄と同じ名前をつけるのも、異郷に残された少数民族の宿命だろう）が主宰する「バナート行動隊」という前衛的な詩人グループとも接触をもつことになった。このときの西欧モダニズムとの格闘がその後のミュラーの文学にも大きな痕跡を残すことになる。

けれども早くも七〇年代後半にはルーマニアでは社会矛盾が噴き出して、チャウシェスクは経済的にも精神的にも国民に窮乏生活を強いるようになる。そして独裁体制維持のために国中に秘密警察の監視網を張り巡らした。こうしたなか、すでに述べたように、セクリターテに睨まれたミュラーは、技術翻訳者の仕事を奪われてからは、代用教員などをして何とか食いつなぐ。失業が犯罪とされたルーマニアではまさに綱渡りの生活だ。西側で文名が高まる一方で、ルーマニアでは尋問、家宅侵入、脅迫、執筆禁止が相次ぎ、ついに一九八七年、仲間とともに西ドイツに、ドイツ血統を理由に自動的にドイツ国籍が付与される「アウスジードラー」として出国していく。

自伝的性格と「考案された感性」

確かに、ヘルタ・ミュラー作品は大なり小なり自伝的性格を持っている。本人がインタビューで認めているように、長編『狙われたキツネ』（一九九二年）では、不在の間に部屋にあったキツネの敷物が少しずつ刃物で切られるというセクリタ―テの陰湿な脅迫にさらされた経験が踏まえられているし、友人の裏切りも、金属工場や学校という舞台も彼女自身が経験した現実を反映させている。

同様に本作品集の一人称の語り手や主要登場人物もほぼ作者の分身と考えてよさそうだ。秘密警察の嫌がらせについては直接描かれていないものの、大勢に順応しないでクビになる「意見」のカエル、工場を辞めさせられ、代用教員を志願する女性（「インゲ」）、アルコールへ逃避する「私」（「黒い公園」）など強い自伝的関連を読み取ることはできる。特に「黒い公園」は、危機的状況にある彼女を精神的に支えてくれたらしい「リヒャルト（・ワーグナー）」への献辞まで添えられている。ドイツ人村を舞台とする「澱み」の家族構成や父母の経歴も作家の伝記との接点が数多い。そして憎悪や不安、不寛容や硬直性が渦巻くドイツ人村の現実も、この村の歴史的なポジションを思えば、かなりが事実に基づいていると言えそうだ。

もちろん、このような農村社会の負の側面を描くのは彼女の専売特許ではない。文学史的に見ても、ナチ時代に都会のアスファルトとの対比のなかで、「土」に根ざし「本来性」の根拠として称揚されていた農村共同体は、戦後になって、その意味づけをまったく転倒させられた。

とりわけ七〇年代のオーストリア文学によく見られたように、暴君的家父長への隷属を強いる「農村KZ（強制収容所）」を糾弾する批判的文学がブームを迎えた。ヘルタ・ミュラーも当初はこうした文脈で、ルーマニアのエキゾチックなスパイスを利かしたその変種として受容された側面もある。

けれども、大きな違いを見落としてはならない。批判的な自伝文学では何よりも体験のリアリティこそが生命線だったのに対して、彼女ははるかに意識的である。例えば、表題作「澱み」が少女の視点で描かれているからと言って実体験がそのまま書かれているわけではない。むしろこの少女視点は、同調や画一化を強いてくる共同体の物の見方に対して、別様の視点（ミュラー自身の言葉を使えば、「ねつ造された感性」）を立てるために意識的に選択されたものだ。現実は歴史的経験による着色を受けた少女の偏光レンズに屈折されることによって独自の色彩を持つようになり、モノクロにも極彩色にも染め上げられるだろう。だからこんな笑い話がある。ここに描写された現実を一目見ようと、わざわざルーマニアの地まで足を運んだ読者のひとりは、ただどこにでもあるのんびりとした農村風景を目の当たりにしてがっかりすることになったというのだ。

つまり、ヘルタ・ミュラーの描く「故郷喪失の風景」は、事実に即した客観性との微妙なバランスに立った「凝縮した詩的言語」の喚起力にあくまでも支えられているのだ。人権を危うくする抑圧的な状況を告発するには、通常は物語の定型にのっとるのが手っ取り早いに違いない。独裁制下で彼女が体験したことは、例えば人目を避けて行われる凄惨な人工中絶など、事柄それ自体で十分に耳目を集めるだけの凄みがある。しかしミュラーはそうした情報提供につきるのを潔しとせず、自分にしか書けないような独特の空気感を作り上げることに腐心しているのである。だから読者としてはその空気感を虚心に味わえばいいということになる。

もっとも、『狙われたキツネ』から最新作の『息のブランコ』(二〇〇九)までの長編小説も含めて、作品が基本的に小さな場面を積み重ねたモザイクとして構想されているために、読んでいていささか戸惑うのもまた事実である。それぞれの断章が相対的な自立性を備えているがために、ストーリー性を備えた長編小説でも、細部のイメージが自己増殖を起こして膨張していき、全体の脈絡から外れていくように思えることがあるのだ。そして本作品集『澱み』では、このイメージの増殖の度合いがとりわけ激しく、ところどころ詩に近づいていきさえする。そこで、ほんらい訳者というものは黒子に徹するべきだと思うが、編集者の強い要望もあるので、以下に解説めいたものを記すことをお許し願いたい。もちろん、文学作品である以上、読み方は十人十色であってしかるべきだし、作品が自立したものとして読んでもらえないのであれば、それは著者ではなく、訳者の力量不足ということになるだろう。

短編集『澱み』について

原題の Niederungen は、辞書レベルで言えば、「低い土地」や「底に溜まったもの」「どん底」

などを意味する語の複数形である。英訳も「Nadirs（どん底）」を使っているが、本作品は「どん底」という言葉が連想させるような社会主義リアリズムとは何の関係もないし、瑞々しいまでの抒情性を備えている点、原題も必ずしも一般に使用頻度が高いわけではない点も考慮に入れて、「底に沈んで溜まり、どんよりと濁る」という意味での「澱み」という雅語を当てた。ルーマニアの少数ドイツ人社会の硬直性や停滞性、作品のなかに頻出する埃や泥や雪など沈澱して溜まっていくもののイメージや沈みゆく没落のイメージなどがこの訳語から伝わればと願っている。

収められた作品は、一頁に満たないような詩的断章があるかと思えば、表題作「澱み」のように突出して長いものもあり、一見すると著しくバランスを崩しているように見える。しかしその表題作にしても、特に一貫したストーリーを持つわけではないし、場所と登場人物には共通性があるものの、少女の視点から農村の日常情景が描き出されているばかりで、これまた長短取り揃えた二十の断章からなる情景集といった趣きなのだ。

一見するアンバランスな印象とは裏腹に、本書は作品構成にしてもよく考えられている。十九編の作品中、中央にあたる十番目の「髪型も口髭もドイツ式で」までがバナート・シュワーベン人の農村風景を描いている。同時に「髪型も口髭もドイツ式で」はそれまでほぼ同じ村に固定されていた舞台に、隣村への「鉄道」での移動を持ち込んでいる。これによって、つづく「長距離バス」の首都ブカレストを中心とするルーマニア南部ワラキア地方への遠出、さらに「母、父、男の子」と「あの五月には」における黒海沿岸への旅行を準備して、前半と後半とをつなぐ扇の要の役割も果たしている。そして、十四番目の「道路清掃の男たち」以下の六編は完全に農村風景を離れ、都市に舞台が移行しており、「ヴルッチュマンさん」がドイツ人共同体のイデオローグとして過去の亡霊のように登場する以外は、独裁国家で職を奪われた作者自身の経験を色濃く反映させたものがほとんどである。

しかも、前半部にしても、「家族」(「シュワーベン風呂」「家族の肖像」)や「性の目覚め」や「性愛」(「熟れすぎた梨の実」「焼けつくようなタンゴ」「窓」)という形でグループ化されており、同じような主題が繰り返されながらも変奏されていく。この主題と変奏というスタイルは、表題作の「澱み」にも当てはまり、昆虫採集や屠畜のシーンが手を替え品を替え繰り返される。

このように周到に構成された作品集の冒頭に置かれた「弔辞」は形式的にも内容的にもまさに巻頭を飾るにふさわしい作品に仕上がっている。以下ではこれを手がかりして、ミュラー作品の特徴をいくつかスケッチしてみよう。この小品はヘルタ・ミュラーによく見られる一種の夢オチ話で、夢のなかではシュールレアリスティックなイメージが自在に展開されている。まず金曜日の夜、語り手「私」が都市の団地の部屋で観ていたテレビを消して就寝し、翌朝早くに目覚めるという外的な枠組みが置かれている。そして夢は父の埋葬の場面で、私、母、そして村人たちが葬列に参加している。このように作品集前半の農村と後半の都市情景を連絡させている点でも、この小品は特別な位置を占めている。

従軍場面を映し出していた戦争映画が、どうやら父母の戦争体験の記憶を語り手の無意識に持ち込んだと考えるのが順当ではあるだろう。しかし見ている自分の姿が映し出されていく別作品（「インゲ」）でのテレビの使われ方を見れば、このテレビも、伝え聞いた過去の現実を映し出すスクリーンとして機能している可能性も排除できない。少なくとも、列車の窓辺に立つ兵隊、こわばった顔つきをして、しおれた花を持つ男が、どの写真でも動作の途中で凝固している語り手の父のありように呼応しているのは間違いない。結婚式や入隊（「ヒットラー式敬礼」「ルーネ文字」）など人生の節目に取られた写真に残る父も、やはり身体や顔が壁や帽子の影によって切断されており、凝固したように生命力が削がれていることを大きな特徴としていた。

伝記的に見ても、この小品の意味は重い。直接の執筆動機は実の父親の死だと考えられるからだ。実際、家庭に暗い影を投げかけたであろう二つの重い体験、つまりロシアでの父親の戦争犯罪と母親のラーゲリ抑留体験がテーマとして取り込まれている。だとすれば「弔辞」という作品は、ある意味では、亡き父への弔いがわりとも言える。しかし、それにしては、死者に鞭打つような苛酷さばかりが目立つ。というのも、ロシアでの集団婦女暴行と浮気（「寝取った」）が死者にまつわる生前の思い出話の中心として語られるからだ。そしてこの戦争における加害体験は、ニンジンという小道具によって、母の被害体験と同じコインの両面であるかのように描き出されており、被害体験や死すらも過去の蛮行を忘却の彼方に葬り去ることはできないという作者の強い意思表明を感じさせる。

ところで、この小品の強姦と婚外交渉に見られるように、特に性愛がこの作品集ではロマンチックな純愛の衣装を剥ぎ取られている。もっとも、父と叔母の浮気（「熟れすぎた梨の実」）、誰が誰の子なのか訳が分からなくなるめくるめく雑婚（「家族の肖像」）、猫とウサギの異類種交雑（「村の年代記」）といったイメージは吐き気を催すまでにグロテスクではあるが、必ずしも否定的とばかりいえないところがある。というのも、民族共同体のナチ的な純血主義とその病的現れとしての「近親相姦」へのアンチテーゼとして機能していると言えなくもないからだ。

さらに故人の友人が読む「弔辞」がドイツ人共同体の名において「私」に「死刑宣告」を下すことで、共同体と私との緊張した関係が明確に提示される。この共同体なるものは明らかな身分差の固定の上に成り立っている（「同郷の兵隊」、あるいは「村の年代記」における墓地の扱いの差）。生まれによる差ばかりではない。露骨な男尊女卑が共同体の根底にある。毎晩酔っぱらっていられる男に対して、主婦はドイツの良妻賢母のイメージを内面化し、家のなかをつねに清潔に保ち裁縫に精を出す。もっとも、こうした秩序や清潔への志向は、無数に取り揃えた箒の逸話（「澱み」）などがカリカチュアするように、ほとんど狂気の域に達しており、ちょうど「清潔な帝国」の異名を取る第三帝国にも似て、曖昧な異物や汚物を許さないという怖さを持っている。

このほか本書には、ジプシーなど異民族、畸形や言語的障害者（「せむし」「どもり」）、いわゆる帳外の者（「放火犯」や「自殺者」）など、社会的にアウトサイダーの烙印を押された存在が数多く出てくる。そして大上段に振りかざしたわけでもない何気ない言葉(「魔女」「よそ者」「害虫」「おしになどなりたくないやろ」)から、こうした存在を排除する機構がこの共同体には強く働いていることが伝わってくるのだ。共同体の精神的支柱となるカトリック教会も、自殺者はもとより、「どもり」の少年さえも暴力的に排除したり、無言の圧力によって局外の場所に追いやる(「澱み」)。それでは下男下女や女、障害者や子供の立場が理想視されるのかといえば、必ずしもそうとは限らない。確かに、村落共同体に対する怨嗟の念から放火に走る男がいつの間にか「私」と一体化していく例もあるが(「マッチ箱を手にする男」)、「弔辞」に見られるように、子供に対する母親の暴力は執拗に描かれている。子供にしても社会から烙印を押された者に対して、イジメというかたちで同じような排除の暴力を再生産するばかりである。「澱み」の「私」にしても、両親たちの暴力への嫌悪を持ちながらも、昆虫や人形に対しては同等の力を行使して恥じるところがない。

もうひとつ注意しておきたいのは、こうした差別と暴力に満ちた現実を隠蔽して美辞麗句で飾り立てる共同体の体質である(「我々はこの共同体に誇りを感じている」)。禁止(「……してはいけない」や「……するものじゃない」)と体罰の繰り返しは、共同体的規範が個人のなかで内面化されるのを手助けしていく。「村の年代記」にあるように、共同体は独自のジャルゴンを作って、現実の言い換えまで進める。本書では、こうした美辞麗句や現実の歪曲がさまざまな形で暴かれ、醜い素顔をさらされる。作り物の空、作り物の心臓などを信仰の中心にすえた教会もまやかしでしかない。ドイツ人共同体の民族的な矜恃にしても、建て前と裏腹に戦争犯罪に関与した過去や性に関する二重道徳から無効が宣告される。こうした二重性は、例えば、外側だけ高級材の化粧板を取り付けた家具など事物にも現れている。そして、この理論と現実の乖離は、ドイツ人社会やキリスト教道徳ばかりか、共産主義国家の実態でもあって、国有企業での汚職や不正、私腹を肥やす幹部などの形で暗示されている。つまり、家族、ドイツ人社会、カトリック教会、そして共産主義国家は、いずれも強力な同調圧力をかけていき、言語を独占しようとする点で、同じ穴の狢《むじな》なのだ。

ちなみに、こうした権力による現実の厚化粧は黒海沿岸に舞台を移した点でも異色な短編「母、父、男の子」と「あの五月には」で実にユーモラスに戯画化されている。「あの五月には」では、傷だらけの浜辺の風景を描写しながら、そこに「美しい」という言葉を粉砂糖のようにまぶしていくことによって、現実の苦みを糖衣に包んで飲み込みやすくする手法がパロディされている。もっとも、このような言葉の詐術は共産圏に限るものではなく、読み替えやネーミングなどイメージ戦略によって商品に付加価値を付け、売り込みを図る資本主義の得意とするところでもあるだろう。「母、父、男の子」はまさに旅行産業のバカンス幻想を破壊するとともに、コマーシャルやドラマのなかだけにある「理想的な家族」、さらにはその原型とも言えるキリスト教的な「聖家族」の神話までも軽やかに解体していると言えそうだ。

このようなテーマを設定する以上は、ミュラーの作品自体も文学的な常套表現の化けの皮を剥いでいかざるをえない。いわゆる物語の約束事を否定して、新しい語り方を模索せねばならないのだ。それはとりわけ統合的な物語を避け、細部の肥大化として現れている。具体的には、小道具や動作や身振りなどの特権化といえばいいだろう。

もっとも、いわゆる「物語」が本作でまったく排除されているわけではない。ミュラーはドイツ語の論理性や概念性に対して、ルーマニア語のもつ具象性や豊穣な物語性を語ったことがあるが、この作品集でも恐らくは東欧的な口承文芸の伝統が巧みに取り込まれている。そうした物語は、「弔辞」で墓堀人がロシアでの体験を語るように、たいてい脇人物たちが語り出す。『狙われたキツネ』にも類似の話が取り込まれている工場での労災の話（「長距離バス」）など切実な現実を踏まえたものもあるが、祖母による魔女の話（「澱み」）など童話のような例もある。いずれも寓話の域に達するかと見えて、特に何かの教訓が引き出せるわけでもない、そんな不思議な余韻を残す物語が多い。

しかし、こうした独特な味わいの説話以上に目につくのは、やはり特徴的な動作や身振りである。「弔辞」で言えば、「しなびた花」であり、父の「こわばった姿勢」である。そして巻頭で打ち出された、こうした硬直、こわばり、萎縮、凝固といった停滞のイメージは、つづく作品でも繰り広げられていく、屠畜や死刑宣告、自殺、埋葬、墓参など「死の情景」のめくるめく変奏を予告している。

こうした展開が可能になるのは風景にも個人の心にもどっしりと不安が降り積もっているか

らである。『狙われたキツネ』が秘密警察による相互監視という形で不安の原因を示しているのに対して、本作品集は、検閲のためにとても書けなかったという理由によるのだろうが、その点が曖昧にされているために、かえって生きることの根源的な不安とでもいうべきものを表現することに成功しているといえそうだ。

その意味でも恐らく「弔辞」のなかでいちばん印象に残るのは、喪服の黒い袖が風に飛ばされて宙に舞い上がり、猟銃で撃たれて落下した後で血まみれになるというシュールリアリスティックな場面だろう。そして、このような生命なき事物の生き物への変容は、生き物が無生物になる逆のケースも含めて、作品集全体に一貫して認められるもので、人間と動物や植物や事物との間の境界がことあるごとに抹消されていく。外から響くはずの鐘の音が体内の血管のなかから直に響き出す経験など、外部の自然と人間とが相互に浸透しあっている。だから自然も恐怖を掻き立てる(「目を焼きつくす太陽」など)と同時に、人間と同じように傷つき破損したものとして現れるのだ。また身体の統一的感覚の喪失という主題もある。「目」や「手」など身体の各部位が、主語として立つことで、本来は身体を統合しているはずの自我とは無関係に動き出すのだ。身体の部位ばかりか、所有物として意のままに扱えるはずのワンピースや靴が勝手な動きを見せて、主体の意図に反したり、時には主体を見捨てて逃げ出したりさえする。

そのうえ、母が切り落とした髪に火をつけ、それから沸き起こる煙に「私」が巻き込まれるという「弔辞」の結末も、作品集のあちこちに現れる監禁、拘束、緊縛という「出口なし」の状態を先取りしている点で重要である。母の断髪という行為は未亡人として喪に服し、髪を形代《かたしろ》にして象徴的な殉死を果たすという意味を持ちうるだろうが、同時にラーゲリでの強制的剃毛という屈辱の記憶を想起させもする。そしてその髪に火をつけるという行為は、視覚的には蠟燭や線香による弔いの儀礼をなぞり、かつすべてを終わりにするダイナマイトの導火線への着火でもある。一方、嗅覚的には死体焼却を連想させずにはおかない。こうした複数の意味を重ね合わせるという荒技がなされたうえで、「私」がそうやって燃えさかる髪の毛の煙に巻かれるという形で象徴的に「生き埋め」にされるのだ。「生き埋め」のイメージは、「私」を「ガラス瓶に閉じ込める」ように包む黒く透明な「ワンピース」によってすでに用意されていたが、他の作品でも「夜」の「黒い袋」に封がされるとか、水槽や海中に閉じ込められた「私」が頭上の水面で騒ぐ水鳥の動きを観察する場面などに変奏されており、本作品集の中核をなしている。

それとの関連で頻出するイメージとして「窒息」もあげることができる。例えば喉が詰まるイメージがさまざまな文脈で出てくる。首つり自殺者の潰れた喉が、自殺をタブー視する教会の鐘の引き綱とつながったりもするし、自分の発した声や吸い込む息までもが固体化して詰まっていきさえする。そしてそのことは「どもり」や「おし」の形象がよく登場するように、「私」が語り手として魅了されると同時に恐怖している「声の喪失」へと通じてもいく。

こうして全体の印象は暗い色に染め上げられているのだが、その闇に差し込む微かな光明のような瞬間も描かれているのを見逃すことはできない。それは「くるくる回る」回転、転倒（「ひっくり返る」）や倒立、あるいは亀裂など運動のイメージである。もちろんこの運動イメージも多義的で、「くるくる回る」は肯定的とは限らず、失神や卒倒など無力感の徴ともなるし、倒立や亀裂も世界の倒錯や頽廃それ自体を示しているようにも見える。しかし、倒立は世界の白黒反転というプラスの意味合いを持ちうるし、亀裂は閉じ込められたカプセルが割れる予感を感じさせてもくれる。そして何よりも回転運動はダンスの形で、硬直した現状に渦を引き起こし、軽やかに飛び立っていく希望の象徴として機能していると言えるだろう（「焼けつくようなタンゴ」や「窓」）。

文体について

このように作品集では、動作や小道具、モティーフの連鎖と変容を通じて、作品同士がくるくる回る輪舞のように、結合しては離れていくという形が取られている。そしてこのような独特な創作原理は、文章や単語というミクロな文体レベルにまで浸透している。

特徴的な文体としては、まず極端なまでの「反復」が挙げられる。「シュワーベン風呂」や「家族の肖像」のように、同一の話型や単語（「よその」）の、幼年童話のような繰り返しとヴァリエーションによって、たいへんユーモラスな効果が生まれている。

同様の反復は文章構造や単語の選択に関しても観察できる。ミュラーの文章は、関係代名詞を使った関係文(「……した父は……」)や理由や時などの従属接続詞をともなう複文(「……だから、……」や「……したとき、……」など)を避けられるだけ避け、独立した単文を積み重ねるという点に特徴がある。このため、それぞれの文章だけを取り上げれば、文字通り素朴な文章なのだが、単文と単文をつなぐ接続詞を欠くために、各文章が論理的にどういう脈絡でつながるのか、にわかには判然としないケースも多く見られる。

単語に関しても、名詞をできる限り代名詞で置き換えずに、そのまま反復することが好まれている。何か唯一無二のものを代理作用の手に委ねるのを忌み嫌うかのようなのだ(ただし、翻訳では、主語を繰り返す横文字文化と省略を好む日本語文化の文脈がそもそも異なりすぎるので、一度は試験的に一対一対応でやってはみたものの、どうにも読むに堪えない代物にならざるをえなかった。特徴的なところは残したものの、ある程度は間引かざるを得なかったことをお断りしておく)。

形容詞などもアルカイックと言ってもよいような基本的単語を繰り返し使用することが多い。こうした語彙の貧しさが逆に一語一語に意味の幅と強度を与えるという効果をあげている。比喩表現も直喩(「~のように」)は避けられ、「ベッドは墓穴だ」というような断定調がよく見受けられる。恐らくそれは隠喩ですらなくて、語り手の視点からは「ベッド」と「墓穴」が同一物にしか見えないことを示しているのだろう。そして、とりわけ多用されるのは擬人法で、それも「腹を裂かれた袋」や「盲いた電球」のような表現が積み重ねられることによって、不安に苛まれ傷ついてしまった風景が浮かび上がってくる仕掛けになっている。

文体という観点から見ると、一見するとたわいのない習作的な作品と見える最後の「仕事日」も意外に侮れない。というのも試みとしては後年のコラージュ詩の試みに通じているからだ。ヘルタ・ミュラーは遊び半分でグラフ雑誌や新聞の単語を切り刻み、それをつなげて新しい意味を作るという試みをしている。コラージュと言っても、彼女の場合には、意味の連鎖を断ち切るところまではせず、意味単位を残したまま、それをつなげて、ナンセンスな文章を作り上げる。「仕事日」も通常の単語の配置をずらして移動していくことで、統語法《シンタックス》はいじくらずに、意味を多様化させていることは間違いないだろう。

このように見てくるならば、いずれの文体的特徴も、各細部を統合して序列化し、軍隊のように隊伍を組ませ、一つの目的に向かって行進させようとする小説の力、あえて言えば全体主義的な力に対して、まさに「どもる」ことで、「つまずく」ことで、隊列を乱そうとしている結果だと言えるのではないだろうか。それはちょうど、「左右左右」と号令を掛けながら歩く人々の歩調に合わせられない人のもつれた足のようなもの、あるいは耳をつんざき、頭のなかを乗っ取るようにして鳴り響く鐘の音のリズムを狂わせる乱れた靴音のようなものだ。その意味で、ミュラーの作品は、冷戦時代のルーマニアという時間的にも距離的にも遥かに遠い出来事として他人事《ひとごと》のように読まれるべきではなく、個人を調教して同調させていく傾向をますます強めていく現代社会にあってこそ読まれるべき力を持っていると言うべきだろう。

翻訳に当たって三修社の斎藤俊樹さんにお世話になった。『狙われたキツネ』を訳した当時の編集者だった柴田明子さんにも温かいアドバイスをいただいた。また例によって、早稲田大学大学院の荒井泰、北村優太の両君には最初の読者として訳文を読んでもらったばかりではなく、ドイツ語原文との照合もお願いした。その献身的な協力に心より感謝したい。

山本 浩司

二〇一〇年九月

ヘルタ・ミュラー Herta Müller

©Privat / Carl Hanser Verlag

1953年ルーマニア・ニツキードルフ生まれ。ドイツ系少数民族の出。母語はドイツ語。1987年にドイツに出国、現在はベルリン在住。クライスト賞（1994）、ヴュルト＝ヨーロッパ文学賞（2006）など多数の文学賞のほか、2009年にはノーベル文学賞を受賞。

長編小説としては、『狙われたキツネ』（Der Fuchs war damals schon der Jäger, 1992, 三修社刊, 1997）、『心獣』（Herztier, 1994）、『今日は自分に会いたくなかったのに』（Heute wär ich mir lieber nicht begegnet, 1997）、『息のぶらんこ』（Atemschaukel, 2009）を発表。ほかに、短編集『澱み』（Niederungen, 1984）、散文『裸足の二月』（Barfüßiger Februar,1987）、エッセイ集『飢えとシルク』（Hunger und Seide,1995）、コラージュ詩集『髪の結び目に住む婦人』（Im Haarknoten wohnt eine Dame, 2000）、『コーヒーカップをもつ青ざめた紳士たち』（Die blassen Herren mit den Mokkatassen, 2005）などがある。

山本浩司（やまもと ひろし）

1965年大阪生まれ。早稲田大学大学院修士課程修了。現代ドイツ文学専攻。広島大学総合科学部講師を経て、現在早稲田大学文学部准教授。

訳書に『ベルリン終戦日記』（白水社）、『古典絵画の巨匠たち』（論創社）、『狙われたキツネ』（三修社）。

ヘルタ・ミュラー短編集　澱《よど》み

2010年 10 月 30 日　第 1 刷発行

著　者　ヘルタ・ミュラー
訳　者　山本浩司
発行者　前田俊秀
発行所　株式会社　三修社
〒150-0001　東京都渋谷区神宮前2-2-22
TEL 03-3405-4511　FAX 03-3405-4522
http://www.sanshusha.co.jp/
振替口座　00190-9-72758
編集担当　斎藤俊樹
印刷所　萩原印刷株式会社
製本所　牧製本印刷株式会社

ISBN978-4-384-04349-5 C0097

編集協力：岡村達盛　荒井泰　北村優太

狙われたキツネ

Der Fuchs war damals schon der Jäger

ヘルタ・ミュラー著　山本浩司訳

チャウシェスク独裁政権下のルーマニアを舞台に家宅侵入、尾行、盗聴、つきまとう秘密警察の影に怯える日々。そうしたなかで、ひとりの女が愛にすべてを賭ける。しかしそれは、親友との友情を引き裂くものだった……。